John Rose

Discours sur le budget par l'Honorable John Rose

Ministre des finances, Canada prononcé à la Chambre des communes, Ottawa, le 7 mai 1869

John Rose

Discours sur le budget par l'Honorable John Rose

Ministre des finances, Canada prononcé à la Chambre des communes, Ottawa, le 7 mai 1869

Réimpression inchangée de l'édition originale de 1869.

1ère édition 2024 | ISBN: 978-3-38666-083-9

Antigonos Verlag est une marque de Outlook Verlagsgesellschaft mbH.

Verlag (Éditeur): Outlook Verlag GmbH, Zeilweg 44, 60439 Frankfurt, Deutschland
Vertretungsberechtigt (Représentant autorisé): E. Roepke, Zeilweg 44, 60439 Frankfurt, Deutschland
Druck (Imprimerie): Libri Plureos GmbH, Friedensallee 273, 22763 Hamburg, Deutschland

DISCOURS SUR LE BUDGET

PAR

L'HONORABLE JOHN ROSE,

MINISTRE DES FINANCES, CANADA,

PRONONCE A

LA CHAMBRE DES COMMUNES, OTTAWA,

LE 7 MAI 1869.

OTTAWA:
IMPRIMÉ PAR HUNTER, ROSE ET LEMIEUX.
1869.

DISCOURS SUR LE BUDGET.

CHAMBRE DES COMMUNES, OTTAWA.

VENDREDI, 7 *mai* 1869.

L'HON. M. ROSE parle en ces termes :—

MONSIEUR L'ORATEUR,—En proposant que vous quittiez maintenant le fauteuil, afin que la chambre se forme en comité des voies et moyens, je croirais manquer à mon devoir si je ne remerciais pas tout d'abord nos amis de l'indulgence et de l'appui qu'ils m'ont généreusement prêtés ; je dois aussi remercier les honorables membres de la gauche des bonnes dispositions qu'ils m'ont jusqu'à présent montrées. Mais le temps de l'indulgence est passé, et je croirais ne point dignement correspondre aux sentiments du public si, après avoir été honoré depuis dix huit mois de sa confiance, je faisais encore appel à l'indulgence de mes amis ou de mes adversaires. Je sens que le ministre des finances doit maintenant rendre un stricte compte de l'importante administration qui lui a été confiée. (Ecoutez !) Mais je ne puis m'empêcher dès le début d'éprouver une crainte : celle d'abuser de la patience de la chambre, et si je puis invoquer une excuse, c'est que j'ai à parcourir un terrain très vaste, la période que je dois passer en revue comprenant trois années fiscales. Je m'efforcerai, en premier lieu, d'exposer à la chambre les résultats de la première année de la confédération, c'est-à-dire l'année expirée au 30 juin dernier. J'indiquerai, secondement, les résultats probables de l'année courante, expirant au 30 juin 1869. Avant d'expliquer à la chambre quelle perspective nous offre, selon moi, l'année prochaine, il sera bon que je dise quelques mots de certaines lois passées durant la dernière session et de leur effet sur la position fiscale et financière du pays. Enfin, je soumettrai à la chambre le budget de l'année 1869-70. Ainsi donc, je diviserai mes observations en quatre parties : 1o résultats de l'an dernier ; 2o résultats probables de l'année ; 3o courte revue des effets de lois récentes sur la position financière du pays ; 4o budget de 1869-70. (Ecoutez !).

En développant le premier point, je rappellerai à la chambre un fait qu'elle ne doit point perdre de vue : c'est que la première année de la confédération a été féconde en difficultés considérables, au moins dans l'administration pratique des finances. Non-seulement il nous a fallu tenir les comptes de la Puissance, mais nous avons rencontré, dès l'abord, deux difficultés sérieuses : premièrement, toutes les transactions financières de la Puissance se sont trouvées compliquées des comptes de la ci devant provirce du Canada, parce que le nouveau système n'était pas suffisamment organisé, à Québec et Ontario, pour permettre à ces deux provinces de régler leurs propres services ; secondement, nous avons dû recevoir et débourser des montants considérables pour le compte des quatre provinces séparées De la complication inévitable des comptes pour la première année de la confédération, il est résulté un surcroît énorme de travail dans le département des finances. La Puissance a dû recevoir diverses sommes qui appartenaient aux différentes provinces et dont il a fallu leur rendre compte. Elle a dû également pourvoir à des services qui, à proprement parler, ne relevaient pas de la Puissance, mais des quatre provinces, et il a été nécessaire d'imputer à ces dernières les montants payés, par le trésor fédéral, pour ces services. Toutefois, je ne compliquerai pas de tous ces détails l'exposé des résultats de la première année, et je me bornerai à indiquer exactement les recettes et les dépenses de la Puissance,—telles que constatées,—en éliminant des recettes générales les deniers reçus pour le compte des provinces, et des paiements généraux ceux qui ont été faits pour le compte des provinces.

Me reportant au budget soumis à la chambre en avril 1868, je rappellerai que les recettes y étaient fixées à $14,695,000. Ce chiffre comprenait les arrérages dûs à la ci-devant province du Canada. En d'autres termes, c'était le montant général des sommes que la Puissance devait recevoir durant l'année. J'indiquerai maintenant quelles ont été les recettes réelles. Eliminant des recettes générales, après vérification, ce que l'on a constaté appartenir aux provinces, le résultat est que l'on a reçu pour la Puissance proprement dite........ .... $13,835,460
On a aussi reçu, après le 1er juillet 1867, des sommes
   qu'après vérification, l'on a constaté appartenir à une
   province ou à l'autre, et former un total de................. 485,645

Ce qui porte les recettes totales de l'année 1867-68 à.......... 14,321,105
L'évaluation des recettes était de................................ 14,695,000

L'évaluation des recettes offrait donc un excédant de........$ 373,895

Voici comment s'explique ce déficit dans les recettes. Le revenu des droits de douane a subi une baisse très-rapide durant les mois d'avril, mai et juin de l'année dernière. Les recettes des douanes, pour ces trois mois, restèrent de $345,000 au-dessous de l'évaluation. Durant la même période, la diminution des revenus divers fut d'environ $28,000. Ces deux sommes forment un total de $373,000, qui représente la différence entre les recettes évaluées et les recettes réelles pour l'année 1867-8. Maintenant, en ce qui regarde les dépenses de la même année, on se rappellera, en consultant l'exposé fait à la chambre au mois d'avril dernier, que les dépenses étaient évaluées à $14,321,360, y compris, naturellement, tout ce que la Puissance devait être appelée à payer, soit pour elle-même, soit

pour les provinces. Le résultat définitif est que les dépenses de la Puissance proprement dite se montent à $12,973,211
Et les dépenses pour les provinces, qui leur ont
    été imputées depuis, se sont élevées à........... 572,794

Formant un total de.. $13,546,005

Soit, en moins de l'évaluation des dépenses....................$ 775,355

Cette somme est représentée par les crédits éteints et les montants qui retombent sur l'année suivante. J'indiquerai maintenant à la chambre les résultats définitifs calculés pour la Puissance seule, en laissant de côté les recettes et paiements que l'on a constaté appartenir aux diverses provinces.

Les revenus ordinaires de la Puissance proprement dite se
    sont montés à.................................... ....$ 13,835,460
Les dépenses ordinaires   do   do   à   12,973,212
Ce qui indique, dans les transactions de la première année
    de la confédération, un surplus apparent de..............$ 862,248

Mais je dois déclarer à la chambre que ce n'est pas là le vrai moyen de constater le surplus réel. La chambre ne doit pas se hâter de conclure que ce surplus est entièrement réel, car il faut observer que, durant la première année de la confédération, aucun des services qui, dans les circonstances ordinaires, sont portés au compte d'une année, mais payés durant l'année suivante dont ils augmentent ainsi les dépenses, n'a été imputé aux dépenses de l'Union. Dans les années ordinaires, le paiement des arrérages forme une certaine proportion des dépenses. Mais il n'y avait pas d'arrérages pour la première année de la confédération, tous étant imputables aux diverses provinces, tandis que d'un autre côté plusieurs des services de 1867-8, bien que réellement exécutés durant cette année et bien qu'on ait alors émis les mandats pour y subvenir, ne paraîtront que dans les comptes de 1868-9, à la date où les mandats auront été payés. Je donne cette explication afin que la chambre ne croie pas les résultats de 1867-8 aussi favorables que la balance déclarée semblerait l'indiquer. L'explication est bien simple : aucun des services de l'année précédente n'a été reporté sur la première année de la confédération, tandis que des services qui appartenaient à la première année de notre nouvelle existence politique ont été reportés sur 1868-9. J'ai chargé l'auditeur d'évaluer la déduction qu'on devra faire en raison du montant probable des arrérages. Il a soigneusement examiné les items de 1867-8, en vue de s'assurer quel montant on avait reporté sur 1868-9, et il fait rapport que $300,000 couvriraient amplement ce montant. La déduction faite, il reste $562,000 comme surplus de 1867-8. Je crois, néanmoins, qu'il est bon de déduire un peu plus, et voici pourquoi : relativement aux items que je viens de mentionner comme ayant été imputés aux diverses provinces, bien que nous ayons tâché de nous conformer à la plus stricte justice dans l'examen de ces comptes, il est possible que nos amis d'Ontario et de Québec objectent à certains items portés au compte de leurs provinces respectives. Au lieu de limiter la réduction à $300,000, je la porterais volontiers à $500,000. Et je suis convaincu qu'en déduisant $500,000 de $862.000, surplus apparent, nous aurons, pour la première année de la confédération, un surplus réel de $350,000,—chiffre très approchant de l'évaluation faite au mois d'avril dernier et qui portait ce surplus à $374,140. (Ecoutez! Ecoutez!) Je crois inutile d'occuper le temps de la chambre à examiner plus minutieusement les résultats connus de la première année de la confédération, parce que les honorables membres seront bientôt en possession des comptes publics, et lorsque la chambre sera formée en comité des subsides, ces comptes seront naturellement l'objet d'un sévère examen. Je me borne donc à constater, en chiffres, les résultats généraux de la première année de notre nouvelle existence politique.

J'en viens maintenant à l'année courante, 1868-9, dont dix mois sont déjà écoulés. On a distribué aux honorables membres un état des recettes et dépenses pour les neuf premiers mois de la présente année fiscale. Mais avant d'en venir à cet état et d'indiquer les résultats et conclusions qui en découlent, je rappellerai à la chambre l'évaluation que j'ai faite en avril 1868, des recettes et dépenses probables de l'année courante. L'évaluation, à cette époque, des recettes provenant des trois grandes sources de revenu,—douanes, accise et divers,—si l'on peut appliquer à ce dernier chef le terme de " grande source de revenu," car les recettes diverses sont maintenant moindres que précédemment, est comme suit :—

Recettes provenant des douanes......... .... $ 9,100,000
Les recettes de la présente année, évaluant les résultats des
   trois mois qui restent d'après ceux des neuf premiers
   mois,—ne différeront pas beaucoup, en plus ou en moins,de   8,102,236

Ce qui indique, dans les recettes des douanes, un déficit de $ 997,764 sur l'évaluation faite il y a quatorze mois. Je n'indiquerai pas ici sur quels faits est basée la présente évaluation ; j'aime mieux donner d'abord les chiffres et expliquer ensuite les raisons pour lesquelles ils ont été ainsi fixés. Le revenu présumé des douanes pour l'année courante, $8,102,236, est donc de $997,764 moindre que l'évaluation faite il y a quatorze mois.

Pour l'accise, nous comptions sur un revenu de............... $ 3,514,000
Le revenu réel de cette source, en grande partie constaté et
   partie évaluée, est de................................... .   2,904,594
Ce qui indique, sur notre évaluation, un déficit de..........   609,406

Les recettes diverses étaient évaluées à.........................   2,500,000
Et aujourd'hui l'on calcule qu'elles s'élèveront à.........   2,716,769

Ce qui indique, pour cet item, un excédant de.............   216,769

En récapitulant, nous avions évalué, l'an dernier, le revenu total de l'année courante à $15,114,000

Et le revenu réel, calculé d'après les résultats des neuf premiers mois, ne sera que de.. 13,744,656

Ce qui indique, sur notre évaluation, une diminution totale de.. $ 1,369,344

M. l'Orateur, lorsque le gouvernement eût constaté que le revenu diminuait, que nos calculs ne se vérifiaient point, que, de mois en mois, les recettes étaient moindres que celles des mois correspondants de l'année précédente, il comprit qu'un grave et difficile devoir lui était imposé, car, à mon avis, une opinion fortement arrêtée dans le pays et chez les honorables membres qui appuient la présente administration, comme chez les honorables membres de la gauche, est que nous devons prévenir tout déficit, et que si nos dépenses excèdent nos revenus ordinaires, nous devons courageusement faire face à la difficulté et combler le déficit par une taxe spéciale, si cela est nécessaire. Nous sommes profondément convaincus qu'un des premiers de nos devoirs est d'équilibrer le revenu et les dépenses afin de ne pas nuire à notre crédit à l'étranger, en donnant à croire que nous pouvons laisser des déficits s'accumuler sans être aucunement prêts à nous imposer les sacrifices nécessaires pour y faire face.

Nous savons tous quels désastreux effets ont eu les déficits qui se produisirent dans les finances de la ci-devant province du Canada, quelques années avant la confédération. En y faisant allusion, je suis loin de vouloir jeter du blâme sur ceux qui occupaient à cette époque la position que je remplis maintenant, ou par contraste de vouloir faire l'éloge de l'administration actuelle au détriment de celles qui l'ont précédée. Je sais toutes les difficultés qu'ont rencontrées mes prédécesseurs au ministère des finances. Ni mon honorable ami de la gauche (l'honorable M. Holton), ni mon honorable ami le membre pour Sherbrooke (l'honorable M. Galt), n'étaient suffisamment appuyés par la chambre ou le pays, pour faire passer les lois fiscales nécessaires en pareilles circonstances. Les partis étaient si également divisés qu'il eût été bien difficile de faire adopter les mesures nécessaires pour équilibrer le revenu et les dépenses. Néanmoins, l'administration actuelle manquerait à son devoir, si, forte de la majorité de la chambre, forte, je crois, de la confiance du pays, elle donnait à croire à l'étranger que durant une année quelconque nous pouvions laisser les déficits s'accumuler sans être prêts à soumettre à la chambre, durant la même année, des lois imposant des taxes exceptionnelles et spéciales, si besoin en est, pour combler les découverts. (Ecoutez ! Ecoutez !)

Je fais ces observations pour montrer à la chambre à quelles considérations le gouvernement a été forcé de s'arrêter, et pour établir la conclusion à laquelle il a été conduit, savoir, que tout déficit réel doit être comblé par de nouvelles sources de revenu. L'administration actuelle est persuadée que tout autre ministère, tout gouvernement jouissant de la confiance de la population de ce pays, n'hésiterait pas à présenter des mesures de ce genre avec la conviction qu'elles seraient appuyées par la chambre et le pays. Mais cette conviction n'a pas empêché le gouvernement de rester persuadé que son devoir est d'employer tous les moyens d'éviter un déficit. Constatant, mois par mois, que le revenu subissait une baisse, que les importations excessives des années antérieures diminuaient dans la même proportion, le gouvernement comprit que son devoir était d'essayer, dès le début, si en pratiquant la plus stricte économie, il n'était pas possible d'éviter le déficit dont nous étions menacés. (Ecoutez, Ecoutez!) La chambre se rappelle qu'elles sommes furent votées l'an dernier sur la demande du gouvernement, et les résultats consignés dans l'état qui vient d'être distribué aux honorables membres feront voir, je pense, que partout où *il a été possible* de réaliser une économie, partout où sans nuire aux intérêts publics on a pu se dispenser d'un service pour lequel un crédit avait été voté l'année dernière, le gouvernement a essayé de réaliser cette économie. Nous n'avons point contracté de nouvelles obligations, nous ne nous sommes point lancés dans de nouvelles entreprises ; nous avons agi exactement comme un particulier qui voit son revenu décroître, nous avons fait notre inventaire et décidé que, tant que le service public n'en souffrirait pas, nous ne prendrions point de nouveaux engagements pour des travaux publics dont l'exécution pouvait être fort désirable, mais que, dans l'intérêt du pays, il n'était pas avantageux d'entreprendre au moment où le revenu ne nous mettait pas à même d'y pourvoir. On verra, en consultant l'état dont je viens de parler, que sur tous les items votés l'année dernière, il y a eu une économie dans toutes les dépenses inscrites au budget, sauf seulement sur l'intérêt de la dette publique, qui s'est augmenté par le fait que nous avons contracté la moitié de l'emprunt intercolonial,—operation dont je dirai tout à l'heure quelques mots. (Ecoutez, écoutez!) Sur tous les autres items, il y a eu économie, savoir : administration de la dette publique,—primes et escomptes,—gouvernement civil,—administration de la justice,—police,— pénitenciers,—législation,—hôpital de mine et fonds des marins,—milice et enrôlements,—arts, agriculture et statistiques,—travaux publics,—service des vapeurs par voie de mer et intérieur,—phares et service côtier.

l'Hon. M. HOLTON.—Quelle a été l'économie sur ce dernier service ?

l'Hon. M. ROSE.—On a économisé, sur cet item, $36,000. Je puis dire la même chose des pêcheries, dépenses diverses, perception du revenu, etc., et il en est résulté qu'en pratiquant l'économie,—renonçant à de nouvelles entreprises, réduisant les dépenses partout où elles pouvaient être réduites,—les recettes générales de l'année 1868-9 (calculant le dernier trimestre d'après le résultat des neuf premiers mois), atteindront le chiffre de $25,869,037

De ces recettes, il faut déduire pour emprunts, rachats des

dettes et placements... 12,124,381

Ce qui laisse, pour l'année courante, un revenu ordinaire de..$13,744,656

D'autre part, les dépenses générales ont été réduites à.........$22,409,181
Il faut déduire de ces dépenses générales le rachat de la
   dette publique, les placements (dont je parlerai tout-à-
   l'heure), les paiements d'arrérages à compte des provinces,
   le capital des travaux publics, et l'excédant des paiements
   aux provinces sur le chiffre normal, soit...................... 8,938,556

Et il reste, pour les dépenses ordinaires......................$13,470,625
Or, le revenu ordinaire étant, comme ci-dessus, de.......... .$13,744,656

Nous avons, sur les opérations de l'année, un surplus de......$ 274,031

(Ecoutez ! écoutez ! et applaudissements.) J'ajouterai, monsieur l'Orateur, que pour arriver à ce résultat, je n'ai rien exagéré ni rien caché.
Nous n'avons point manipulé les comptes, ni différé les paiements. J'ai
essayé, avec l'aide de mes collègues et des employés de mon département, de calculer aussi exactement que possible quelles seront les recettes
et dépenses du dernier trimestre de l'année courante, et nous croyons,
après examen consciencieux, que le chiffre indiqué représente les recettes
et dépenses. (Ecoutez ! écoutez !) Comme je l'ai dit, aucun paiement
n'a été différé, et la chambre reconnaîtra qu'aujourd'hui pareils délais
sont impossibles, car l'acte d'audition de la dernière session prescrit que
toute somme votée pour l'année, si elle n'est pas dépensée dans les douze
mois, cesse absolument d'être disponible. Nous ne pouvons donc différer
ces paiements, ni ne les effectuer que l'année prochaine sans demander un
nouveau crédit pour l'année 1869-70. La chambre pourra donc s'assurer si un paiement quelconque pouvant être considéré comme faisant partie des dépenses du trimestre courant, est ou n'est pas différé ; il lui
suffira simplement de constater si l'on demande un nouveau crédit, sous
ce chef, pour l'année courante. Cette disposition de l'acte d'audition est,
je l'admets, très gênante et offre bien des difficultés dans la pratique.
Mais c'est une disposition salutaire dont je serais, moi pour un très fâché
qu'on se départît. Elle nous a occasionné des tracas énormes dans les
départements, mais le principe est bon et ses avantages sont si clairs, bien
qu'il ne soit appliqué que depuis un an, que je regretterais infiniment
qu'on s'en écartât de près ou de loin.
   La chambre verra, lorsque les comptes publics lui seront soumis, quels
sont les crédits qui expirent absolument au 30 juin ; elle s'assurera aussi
que l'exposé que je viens de lui faire n'est point basé sur des supposi-
tions, mais sur des résultats positifs,—autant qu'on a pu les vérifier. J'insiste sur ce point parce que je sais combien il est facile, en maniant les
chiffres, de faire pencher la balance d'un côté ou de l'autre, et je veux
bien faire comprendre à la chambre qu'on est arrivé à ce résultat non
point en jetant un simple coup-d'œil sur les comptes, mais après les
recherches les plus patientes et les plus soigneuses dans chaque département du service public. Mes collègues savent qu'au moment où je cons-
tatais que le revenu diminuait, les divers départements furent requis de
remettre une évaluation de leurs dépenses probables pour le reste de l'an-

née fiscale, et spécialement pour les mois d'avril, mai et juin. Cette évaluation des dépenses fut soigneusement et minutieusement vérifiée pour chacun des départements, et le résultat exact, je crois, est de $4,733,195 pour les dépenses probables de ces trois mois.

Quant au revenu, je ferai observer que l'évaluation pour ces trois mois n'est pas indiquée dans l'état imprimé. Mais j'expliquerai tout à l'heure le principe sur lequel nous avons calculé le revenu des douanes et de l'accise pour le dernier trimestre de l'année courante. Pour le moment, je crois plus convenable d'indiquer seulement les chiffres et les résultats généraux, car bien qu'il y ait eu un déficit dans le revenu de l'année courante, en pratiquant une stricte économie dans chaque département du service public, réduisant les dépenses et ne faisant aucun déboursé qu'il nous serait possible d'éviter,—nous pouvons produire, pour l'année courante, un excédant sinon considérable, du moins réel. (Ecoutez! écoutez!)

. M. l'Orateur, après avoir examiné les deux premiers points, savoir : les résultats constatés de la première année de la confédération, 1867-8, et les résultats probables de l'année courante, je dirai quelques mots de notre position financière actuelle telle que modifiée par la législation de l'an dernier. Je n'entrerai pas dans de longs détails à cet égard, crainte de fatiguer l'attention de la chambre, mais cette législation a tellement affecté notre position financière actuelle, que je ne puis m'abstenir d'en parler, ce que je ferai aussi brièvement et aussi simplement que possible.

On se rappelle que lorsque j'eus l'honneur de porter la parole, pour la première fois, dans cette chambre en ma qualité actuelle, il y avait une dette flottante très considérable due à la Banque de Montréal et à nos agents financiers en Angleterre,—que nous avions pour trois quarts de million de bons à 8 pour cent arrivant à échéance,—que nous devions faire des paiements considérables au Nouveau-Brunswick et à la Nouvelle-Ecosse pour des travaux publics en voie d'exécution dans ces provinces, —et que pour faire face à toutes ces obligations il nous fallait mettre à contribution, dès le début, toutes les ressources de la Puissance. Nous calculâmes qu'il serait possible d'éteindre la dette flottante, de faire face aux engagements déjà contractés, et auxquels j'étais parfaitement étranger,— engagements qui, je puis en informer la chambre, représentaient de sept à huit millions, sans tenir compte de l'intérêt dû au mois de janvier 1868, —et j'indiquerai maintenant à la chambre les résultats d'une ou deux opérations qui ont été l'objet de longs débats durant la dernière session.

Je parlerai d'abord de la loi concernant les compagnies d'assurance. On se rappelle que de nombreuses objections furent soulevées contre cette mesure. Je ne ferai pas allusion aux discussions qui eurent lieu à ce sujet, mais j'indiquerai les résultats de cette mesure. Trente-sept compagnies d'assurance se sont prévalues des dispositions de l'acte. Le montant des garanties offertes aux porteurs de polices d'assurance en Canada,—montant actuellement disponible puisqu'il est déposé en espèces ou en bons négociables entre les mains du gouvernement, surtout comme garantie aux porteurs de polices d'assurance canadiens,—est de $3,723,- 723, sur lesquelles $1,833,055 ont été payées en espèces, ce qui laisse une balance de $1,890,688, que l'on pourra convertir en espèces dans le cours de trois ans à partir de la date du dépôt, période sur laquelle une année est presque écoulée.

L'Hon. M. HOLTON.—L'état qui nous a été soumis ne porte qu'à $1,625,399 les recettes provenant des compagnies d'assurance.

L'Hon. M. ROSE.—Ce chiffre représente le montant jusqu'au 31 mars, mais il s'est considérablement augmenté depuis. Les bureaux qui ont fait des dépôts se classent comme suit :

	Montant déposé.
6 Canadiens	$ 225,000
19 Anglais	$ 2,327,000
12 Américains	$ 1,170,000

Tous ces derniers, je suis heureux de le dire, nous ont fourni d'excellentes recommandations des commissaires d'assurance du Massachusetts et de New-York. L'effet pratique de cette mesure a été d'introduire en Canada des compagnies parfaitement solvables d'assurance sur la vie et contre le feu, et de créer un fonds de garantie, à la disposition des porteurs de polices en majorité canadiens, représentant $3,723,000. (Ecoutez ! Ecoutez !)

Je dirai maintenant un mot des effets de la Puissance (*Dominion Stock.*) Il y a eu trois émissions de ces effets sous les désignations respectives A, B. C. Le montant total placé entre les mains du public a été de $1,500,000. C'est ce qu'on appelle l'émission A. Les placements au nom des compagnies d'assurance s'élèvent à $1,833,055 ; c'est ce qu'on appelle l'émission B. Il y a de plus $17,000 d'effets convertibles, émission C, car les porteurs de bons peuvent les convertir en effets de la Puissance à certaines conditions —ces effets étant considérés valoir un certain percentage de plus que les bons. Le total des émissions A, B, C représente $3,350,055. Je dirai que le public approuve généralement cette sorte de garanties, car un particulier peut placer $50 ou toute somme au-dessus, sans courir aucun risque de pertes par le feu ou le vol, et sans avoir la peine de détacher des coupons pour présentation.

L'Hon. M. HOLTON.—Je ne désire point interrompre mon honorable ami, mais je dois dire que cet état imprimé est fautif si mon honorable ami maintient qu'il a émis pour trois millions et plus de ces effets, car le montant indiqué dans l'état n'est que d'environ $1,700,000.

L'Hon. M. ROSE.—Ce chiffre représente le montant pour l'année courante, expirant au 30 juin 1869, mais mon honorable ami sait bien que l'émission A, de $1,500,000, fut déclarée antérieurement, c'est-à-dire en mars ou avril de l'année 1867-8.

M. MACKENZIE demande si des montants considérables n'ont pas été émis en faveur du gouvernement d'Ontario ?

L'Hon. M. WOOD.—Nous avons acheté les effets sur le marché et non point du gouvernement fédéral.

L'Hon. M. ROSE —Non ; l'émission a été limitée au chiffre primitif— et je suis heureux d'avoir à dire que la demande de ces effets s'accroît tous les jours. Mais nous avons résolu de ne plus en émettre davantage en faveur de qui que ce soit, excepté pour les compagnies d'assurance qui y ont droit en vertu de la loi. Les effets sont actuellement à 9 pour cent de prime. (Ecoutez, Ecoutez !)

J'en viens maintenant, monsieur l'Orateur, aux caisses d'épargne du département des postes, qui ne sont pas encore en pleine opération. Je n'examinerai pas ici les avantages de cette mesure ; je dirai seulement qu'à mon avis c'est pour tout gouvernement un devoir de donner aux classes ouvrières les moyens de rendre productives leurs petites économies. Je considère que c'est un des premiers devoirs de tout gouvernement de mettre à la portée des particuliers les moyens de rendre leurs économies productives, car rien n'est plus propre à faire naître dans les classes les plus humbles un amour-propre bien placé, rien ne peut contribuer davantage à leur bien-être moral que de leur donner la facilité de réaliser des économies qu'autrement elles peuvent dépenser d'une manière inutile, pour ne pas dire plus. Ce système de caisses d'épargne n'est établi que depuis un an, et durant cette période 213 bureaux ont été ouverts, dans lesquels 6,079 déposants se sont inscrits jusqu'à ce jour, et le montant des dépôts ne représente pas moins de $676,383, ainsi réparties :

Portant intérêt à 4 pour cent..$384,146
    "   "   à 5   " $285,800
Sans intérêt ....$ 6,436

Un fait digne de remarque et qui montre combien ce système de caisses d'épargne est avantageux, c'est que sur six mille déposants plus d'un quart sont des enfants mineurs et des femmes mariées auxquels la loi accorde des facilités spéciales pour effectuer des dépôts. Durant la session, j'aurai peut-être l'occasion de remettre devant la chambre toute cette question des caisses d'épargne, et je me bornerai, pour le moment, à constater le résultat financier de l'acte de la dernière session. Je ferai toutefois observer à la chambre qu'il y a, comme chacun le sait, divers systèmes de caisses d'épargne en opération dans la Puissance. A la Nouvelle-Ecosse, elles forment une division du département du receveur-général, et d'après les résultats de nos recherches, elles sont dirigées avec autant de soin que d'efficacité ; mais bien que parfaitement administrées, le résultat de l'expérience en d'autres pays fait voir qu'un nouveau contrôle et certaines améliorations pourraient y être introduits avec avantage. Au Nouveau-Brunswick, il existe un autre système : les principaux percepteurs des douanes sont autorisés à recevoir des dépôts au nom du gouvernement. A St. Jean, qui possède la principale banque d'épargne, le système est différent. La banque est administrée par des syndics, et il en résulte ce désavantage que les déposents ne sont point en relation directe avec le gouvernement. En vertu de la loi du Nouveau-Brunswick, le gouvernement reçoit les épargnes et remet des bons annuels aux syndics pour les dépôts. Cette combinaison présente une grave anomalie : c'est que le gouvernement, tout en recevant les dépôts, peut être appelé, à un mois d'avis, à les remettre aux syndics. En Canada, comme chacun le sait, il y a plusieurs banques d'épargne admirablement dirigées par des syndics ; quelque-unes ont des chartes spéciales, d'autres sont reliées à des sociétés de construction. Le gouvernement devra peut-être, durant la session, remettre toute cette question d.vant la chambre. (Ecoutez !)

Le dernier sujet qui se rattache à la législation de l'année dernière, dont je vais parler, est l'emprunt intercolonial. Ainsi que la chambre le sait, le montant emprunté est de £2,000,000 sterling, dont £1,500,000 avec la garantie impériale, et £500,000 sur le seul crédit de la Puissance. Les bons garantis portent quatre pour cent d'intérêt, les autres cinq. Les objections faites à cette négociation dans cette Chambre et dans le pays me paraissent être de trois espèces. En premier lieu, l'on a dit que l'emprunt était fait prématurément ; en second lieu, qu'il en avait été placé une trop forte partie sur le marché ; et en troisième lieu, l'on a fait objection, et une forte objection, au placement temporaire des produits de cet emprunt. Ce sont là, si je comprends bien, les trois objections qui ont été soulevées.

L'Hon. M. HOLTON.—Il n'y a eu aucune discussion dans la chambre à propos de l'emprunt, et le ministre des finances cherche à prévenir les objections qui pourraient être faites à l'égard du prélèvement de l'emprunt et de l'emploi de l'argent.

L'Hon. M. ROSE.—Je pense qu'il est juste que j'expose franchement la question à la chambre. Il y a eu erreur et malentendu à ce sujet dans le pays. Et mon honorable ami, le député de Lambton (M. Mackenzie), a laissé tomber une ou deux observations à cet égard. Je crois qu'il a dit " que nous avions mésusé des fonds que nous avions empruntés sur la garantie impériale." Je serai très concis en parlant de ce sujet, car je ne désire nullement fatiguer la chambre de détails. Mais je crois que c'est une affaire si importante, impliquant, puis-je dire, l'honneur du pays et l'intégrité du gouvernement, relativement à l'administration des fonds qui sont venus en notre possession, qu'il n'est que juste que j'en dise quelques mots maintenant.

Ainsi que la chambre le sait, le mode d'après lequel l'emprunt a été contracté est simplement celui-ci : il fut offert au public en général, et je crois que l'on ne peut rien trouver à redire à cela. Nous aurions pu sans doute nous entendre avec des capitalistes qui auraient consenti à prendre tout l'emprunt à une prime assez élevée, mais, en examinant soigneusement toutes les circonstances, nous avons cru qu'il était plus avantageux pour la Puissance de demander des soumissions, et donner au public l'occasion d'offrir le meilleur prix possible pour les effets que nous avions à placer. La chambre sait ce qui en est résulté : il y eut environ 350 soumissions, s'élevant en tout à huit millions et un quart, contre deux millions que nous avions à vendre, et ces deux millions furent vendus à une prime variant de £5 12s 6d à £6 10s par £100. Et je vais vous dire maintenant quel est le montant réel de l'intérêt que cet emprunt nous a coûté. Si nous employons le fonds d'amortissement à 6 pour cent, comme nous pouvons peut-être le faire,—car nous sommes autorisés à placer le montant du fonds d'amortissement dans nos propres effets six pour cent,—l'emprunt, durant les trente-cinq ans qu'il a à courir, nous coûtera 3.911 pour cent, c'est-à-dire un peu moins de 4 pour cent. Mais si le fonds d'amortissement est biffé du calcul, l'emprunt nous coûtera, sous forme d'intérêt, 4.02 pour cent. Dans un cas, il sera d'un peu moins de 4 pour cent, et dans l'autre cas, il sera d'un peu plus.

Et maintenant, après avoir exposé à quelles conditions l'emprunt a été négocié, permettez-moi de dire un mot de l'objection qui a trait à l'époque où il a été placé sur le marché, et que l'on prétend prématurée. A ce propos, je dois remarquer que le marché monétaire du monde est une chose très variable. Un jour les emprunts étrangers y sont en faveur; dans un autre temps, et presque sans aucune raison spéciale, ils y sont en grand discrédit. Or, comme la chambre le sait, le marché monétaire de Londres, plus que tout autre au monde, doit être pris dans le bon temps, —autrement vous perdez votre chance. L'été dernier nous a certainement paru être une époque favorable pour faire notre emprunt. La paix la plus profonde régnait dans le monde; l'expédition d'Abyssinie venait de se terminer avec succès ; quant aux difficultés qui existaient entre l'Angleterre et les Etats-Unis, elles sommeillaient, et l'on avait l'espoir de les voir se régler d'une manière favorable ; il y avait une grande pléthore d'argent,—et en envisageant toutes ces circonstances, nous avons cru que l'été dernier serait une époque extrêmement favorable pour contracter notre emprunt. Il n'y a, en Angleterre, que deux époques dans l'année qui soient particulièrement avantageuses pour y lancer un pareil emprunt : l'une est entre les mois de février et de juillet, lorsque le parlement est en session, et l'autre est pendant un mois ou deux à la fin de l'automne. En règle générale, les grands emprunts ne peuvent être faits sous des circonstances favorables, si ce n'est à ces époques particulières de l'année. Eh bien ! lorsque le ministre des finances se rendit en Angleterre dans le but de voir à quelles conditions le gouvernement impérial consentirait à nous donner sa garantie, il avait aussi à constater si l'époque à laquelle il s'y trouvait était favorable pour y placer un pareil emprunt sur le marché. Avant d'aller en Angleterre, il ne pouvait arriver à aucune conclusion sur ces points. Il ne pouvait dire, sans s'aboucher personnellement avec le gouvernement impérial, s'il ne valait pas mieux que ce dernier contractât lui-même l'emprunt et qu'il fît un arrangement avec la Banque d'Angleterre pour nous remettre l'argent, ou qu'il laissât l'opération entièrement entre les mains du gouvernement canadien. L'on trouva, après communication avec le gouvernement anglais, qu'il était disposé à nous traiter libéralement et à nous dire: " Nous endosserons votre billet, en vous laissant le soin de conduire l'opération de la manière que vous jugerez la plus avantageuse ; nous ne vous dirons pas, comme nous l'avons fait à l'égard de l'emprunt contracté il y a trente ans, que nous le négocierons pour vous, en vous en remettant les produits à mesure que les travaux avanceront, mais nous vous laisserons faire vos arrangements, et nous nous contenterons d'endosser simplement votre billet." Et je suis heureux de saisir cette occasion pour reconnaître publiquement la manière libérale dont le gouvernement impérial a agi envers ce pays dans tout le cours des arrangements, et les grands services que nous ont rendus MM. Baring et Glyn. (Ecoutez ! Ecoutez !)

Nos agents financiers—et il y a peu de personnes qui aient plus d'expérience qu'eux dans ces sortes d'affaires—considéraient que le temps était

propice pour négocier l'emprunt. L'on pensait que vers la fin de l'été—
et l'événement a justifié cette prévision—plusieurs gouvernements européens demanderaient des emprunts : la Suède sept ou huit millions, la
Russie deux emprunts de chemins de fer, et l'Egypte un emprunt considérable. Nous savions que, sous quelques mois, ces gouvernements se
présenteraient comme emprunteurs, et nous avons cru de notre devoir,
vu l'état particulièrement favorable du marché monétaire, de ne pas perdre de temps à placer notre emprunt ; et la meilleure défense que l'on
puisse faire de la démarche du gouvernement est peut-être que pas un
seul de ces gouvernements européens, qui sont depuis venus sur lo marché de Londres, n'a pu placer son emprunt à des conditions aussi favorables que le nôtre, tandis que nos agents nous ont dit que nous n'aurions
pas pu répéter l'opération, à aucune époque, aux mêmes conditions.
(Ecoutez, écoutez !)

Permettez-moi de démontrer ce fait en mentionnant plus particulièrement l'un de ces emprunts : celui qui a été négocié par lo gouvernement
russe, qui, pour la stricte intégrité, l'honneur et l'honnêteté dans les
transactions, n'est surpassé par aucun gouvernement sur les marchés mo-
nétaires du monde entier, car il est si po. ctuel dans ses paiements que,
durant toute la guerre de Russie, il a payé l'intérêt sur ses emprunts en
Angleterre, en or, bien qu'il fut alors en guerre avec ce pays. Son
honneur comme gouvernement n'a jamais été terni, et ses ressources,
quoique encore très imparfaitement développées, sont très grandes. Eh
bien ! durant les quelques derniers mois, le gouvernement russe a lancé
sur le marché de Londres un emprunt de sept millions. Nous savons qu'il
y a encore en Angleterre la même pléthore d'argent qui existait lorsque
notre emprunt fut négocié, mais les emprunts étrangers ne sont pas aussi
en faveur. Il est impossible d'en dire la raison ; vous ne pouvez persua-
der à des hommes, qui ont de l'argent à prêter, de toujours regarder du
même œil la même catégorie d'effets publics ; un jour ils seront disposés
à serrer les cordons de leur bourse et à refuser un placement qu'ils seraient heureux d'accepter dans un autre temps. Dans quel état la Russie a-t-elle donc trouvé le marché monétaire, et dans quelle condition
l'aurions-nous trouvé nous-mêmes si nous nous y étions présentés en ce
moment ? Voici la réponse à cette question, telle que je la trouve dans
l'*Economist* de Londres du 17 avril :—

" C'est (l'emprunt russe) un emprunt à 4 pour cent, de £11,110,000
nominalement, mais il est émis à 63. en sorte que le gouvernement russe
n'emprunte réellement que £7,000,000. Il offre de payer pour ces emprunt, en réalité, 6½ pour cent, ou un peu plus, sans compter les avantages qu'auront les souscripteurs d'ajourner les versements de leurs sous-
criptions, et les tirages au moyen desquels ils recevront, dans 82 ans,
60 pour cent de capital de plus qu'ils n'auront souscrit."

Je crois que si l'on examine les conditions auxquelles plusieurs grands
emprunts ont été négociés, depuis que nous sommes allés sur le marché,
l'on y trouvera une justification suffisante de la démarche adoptée par ce
gouvernement. (Ecoutez ! Ecoutez !)

Après avoir ainsi répondu à l'objection que l'emprunt était prématuré, permettez-moi de dire un mot de l'objection qu'il est pour une trop forte somme. Il y aura deux réponses à faire à cette objection. Premièrement : —Il faut qu'un emprunt soit considérable si l'on veut qu'il attire l'attention des capitalistes. Si vous lancez un emprunt de quelques centaines de mille louis, et que vous l'offriez aux enchères publiques, vous ne ferez que vous exposer au ridicule. Pour faire réussir un emprunt offert aux enchères publiques, il faut qu'il soit assez considérable pour engager les capitalistes à le rechercher. Secondement :—Il est désirable que le détenteur de l'emprunt ait intérêt à voir à ce que le prochain versement, lorsqu'il sera placé sur le marché, ne soit pas donné pour une somme moindre que celle qui a été obtenue pour le premier versement. Ceux qui ont souscrit cet emprunt figurent parmi les plus grands capitalistes du monde, et il n'est pas 'à supposer qu'ils permettront que les deux prochains millions soient écoulés à un taux moindre que les deux premiers ; il sera de leur intérêt d'empêcher que la valeur des effets qu'ils possèdent déjà soit ainsi amoindrie. Nous avons donc obtenu ceci, en lançant la moitié de l'emprunt d'un coup, que des capitalistes influents ont acheté nos bons, et nous les avons placés dans la position d'avoir un intérêt à veiller à ce que notre prochain emprunt rapporte au moins un aussi bon prix.

L'Hon. M. HOLTON.—Un demi-million seulement se composait de nos bons. Le reste est un emprunt impérial.

L'Hon. M. ROSE.—Non ; nous avons emprunté les deux millions sur les bons du Canada, sur lesquels $1,500,000 sont garanties par le gouvernement impérial.

M. MACKENZIE.—Le même argument, quant à ce que les détenteurs des premiers bons ne permettraient pas que l'émission subséquente soit placée à une moindre prime, ne s'appliquerait-il pas également si l'on n'avait émis qu'un million ?

L'Hon. M. ROSE.—Certainement non. Ils pourraient trouver leur intérêt à laisser amoindrir la valeur d'un million, afin d'obtenir les trois autres à meilleur marché. Mais la moitié de l'emprunt est maintenant entre les mains d'hommes dont l'intérêt sera de ne pas permettre une réduction des taux, lorsque la seconde moitié sera émise. [Ecoutez ! écoutez !]

J'en viens maintenant au point—et peut-être le seul point sur lequel on insiste sérieusement— qui a rapport à l'emploi temporaire de l'argent. Je ne me plains pas de ce que l'on demande au gouvernement de rendre strictement compte de sa conduite à ce sujet ; j'estime hautement une vigilance jalouse de la part du pays, qui se manifeste par la critique de la conduite du gouvernement dans une pareille matière. Elle prouve l'existence d'une salutaire opinion publique, et la conscience, de la part du pays, que lorsque le gouvernement emprunte de l'argent pour un objet particulier, il devrait être en mesure de voir qu'il sera réellement à sa disposition lorsqu'il en aura besoin. Et lorsque je réclame l'attention de la chambre aux explications que j'ai à offrir, ce n'est pas sous forme d'apologie pour ce qui a été fait, mais bien pour justifier complètement la conduite suivie par le gouvernement. Je tâcherai de faire voir qu'il aurait été excessivement blâmable s'il n'eût pas suivi cette ligne de conduite,—s'il eût imprudemment permis à cet argent de rester inactif, et négligé d'épargner au pays le très fort montant d'intérêt qu'il paierait autrement.

Permettez-moi de demander d'abord si c'eût été une mauvaise application de ces fonds que de les placer dans les consolidés anglais, ou que de les laisser entre les mains de la Banque d'Angleterre à un taux d'intérêt fixe ? Aurait-ce été une mauvaise application de ces fonds, si nous avions acheté des bons du trésor en Angleterre ; si nous les avions placés dans des effets sûrs au taux ordinaire de l'intérêt ; ou si nous les avions employés à racheter nos propres bons par anticipation des paiements que nous aurons à faire à leur égard ? Si nous avions adopté l'un ou l'autre de ces moyens de placement, aurait-on pu dire que l'argent était le moindrement détourné des fins pour lesquelles il a été emprunté ? Or, qu'a fait en réalité le gouvernement ? En premier lieu, nous demandâmes à nos agents en Angleterre d'obtenir le plus haut intérêt possible pour tout le montant laissé entre leurs mains, et nous confiâmes une partie considérable des fonds aux MM. Baring et Glyn, en les priant de voir à ce qu'ils fussent prêtés sur les meilleures garanties compatibles avec leur réalisation immédiate. Voyant que cela ne pouvait se faire avantageusement, nous en plaçâmes une partie dans nos propres bons émis en Angleterre il y a nombre d'années, par anticipation à ce que nous avions à payer pour le fonds d'amortissement. Nous en plaçâmes ensuite une partie en bons des Indes, garantis par le gouvernement impérial à cinq pour cent d'intérêt.

L'Hon. M. HOLTON.—Combien ?

L'Hon. M. ROSE —Je vais vous donner les chiffres à l'instant. Nous plaçâmes une partie du résidu en bons du trésor du Canada. qui sont des effets que je puis et vais démontrer être parfaitement sûrs,—parce que je suis prêt à admettre qu'il était du devoir du gouvernement de veiller à ce que les produits de l'emprunt fussent placés en sûreté, hors de l'atteinte de toute éventualité quelconque, en un mot qu'ils fussent en aussi grande sûreté que s'ils eussent été placés en bons du trésor anglais, dans la Banque d'Angleterre, ou laissés entre les mains des MM. baring et Glyn. Je consens volontiers à soumettre la question à cette épreuve. Si, comme on l'a dit, nous n'avions fait de l'émission de l'emprunt inter-colonial qu'un simple prétexte pour obtenir de l'argent dans le but de faire honneur à nos engagements, j'admets que dans ce cas le gouvernement aurait été extrêmement blâmable. Mais bien que nous fussions endettés à des montants considérables envers différents créanciers, nous ne nous trouvions pas dans le cas d'être pressés pour aucun paiement. Nous devions au gouvernement d'Ontario un demi-million de piastres. Mon honorable ami le trésorier de cette province ne nous a-t-il pas instamment priés de garder cet argent entre nos mains ? La Banque de Montréal n'aurait-elle pas été disposée à demeurer notre créancière ? Les détenteurs de nos bons 7 pour cent qui arrivaient à échéance, offraient de prendre en échange des effets de la Puissance à 6 pour cent, et désiraient vivement les obtenir. En un mot, nos créanciers tenaient à restor nos créanciers, et le gouvernement n'était aucunement pressé pour le paiement de ses obligations. [Ecoutez ! écoutez !]

Lorsque nous plaçâmes une partie de cet emprunt dans nos propres bons du trésor pour faire face à ces obligations, c'était simplement parce que nous regardions cette opération financière comme avantageuse pour nous. Et lorsque j'en viendrai à dire à la chambre ce qui a été réellement fait de l'argent. je suis persuadé que ceux qui sont le plus jaloux de l'honneur du pays, conviendront avec nous que cet honneur n'a pas été le moindrement atteint. Toute la question roule sur ceci :—si vous admettez que nous aurions pu laisser l'argent à la Banque d'Angleterre, ou le placer dans les consolidés, ou le laisser entre les mains des Baring et Glyn, ou le placer dans quelque autre banque ici, alors vous n'avez ou'à vous enquérir si les effets dans lesquels nous l'avons réellement placé sont tels qu'ils offrent la plus ample garantie que l'argent sera à notre disposition lorsque nous en aurons besoin pour les travaux du chemin de fer. Si nous eussions été embarrassés, et si nous eussions prélevé cet argent dans le but de nous tirer d'embarras, j'admets volontiers que notre conduite aurait pu être blâmée. Mais nous n'étions nullement embarrassés. Notre position était celle-ci :—par le résultat d'une opération que la chambre admettra, je pense, n'avoir pas été prématurée, ni faite sur une trop grande échelle, nous nous trouvions en possession d'une forte somme d'argent, et nous avons cru de notre devoir, comme vos serviteurs fidèles à qui vous confiez l'administration de vos affaires, de veiller à ce que l'argent fût fidèlement et avantageusement employé. [Ecoutez ! écoutez !]

Mais l'on peut faire une autre objection, et nous dire:—Pourquoi n'avez-vous pas ajourné le paiement des versements sur cet emprunt à un ou deux ans, de manière à faire entrer l'argent à mesure que vous en auriez eu besoin ?—Je répondrai à ceci : que pas un seul capitaliste de Londres ne souscrirait à un emprunt s'il n'avait la faculté de faire ses versements dans un tems raisonnable ; il ne consentirait pas à ajourner l'obligation de payer sa souscription pendant un certain nombre de mois ou d'années, parce que durant ce tems il pourrait survenir de tels changements dans le marché monétaire que tous ses calculs se trouveraient dérangés. (Ecoutez ! écoutez !)

Nous avons donc à considérer le produit complet de cet emprunt, s'élevant à $10,283,003, comme étant à la disposition du gouvernement le 13 avril dernier.

Nous plaçâmes dans le fonds d'amortissement intercolonial, à 6 pour cent,—ce qui réduisait notre dette d'autant......$	270,500
Nous remboursâmes l'ancien emprunt impérial pour la construction des canaux, portant 4 pour cent d'intérêt.........	681,333
Nous remboursâmes les avances faites par MM. Baring et Glyn, portant 5 pour cent d'intérêt......................	983,562
Nous remboursâmes le prêt de la Banque de Montréal, portant 7 pour cent d'intérêt...............................	2,500,000

Nous payâmes la balance que nous devions au gouvernement
    d'Ontario, portant 5 pour cent d'intérêt......................$ 500,000
Et nous rachetâmes les bons 7 pour cent que nous avions émis
    il y a une couple d'années.....................................   873,200

Faisant un total employé au rachat de la dette, de...........$ 5,808,595
Qui portait un intérêt annuel de......................$353,785
Sur la balance, il a été temporairement placé à la Banque de
    Montréal, à 4 pour cent d'intérêt. ....$ 1,500,000
Et il reste entre les mains des agents à Londres, environ ...   2,974,408

                              $10,283,003

    Que la chambre examine maintenant quel a été le résultat de l'opération. Aurait-elle désiré nous voir continuer à payer $353,785 par année sur les emprunts que je viens d'énumérer, ainsi que l'intérêt sur l'emprunt intercolonial? Les agents financiers à Londres nous ont dit que, aux conditions que nous posions,—une réalisation immédiate et une parfaite garantie,—ils ne pouvaient obtenir plus d'un pour cent par année. La chambre croit-elle que c'eût été un bon arrangement, si nous nous étions contentés d'un pour cent, en continuant à payer $353,785 sur les obligations maintenant éteintes, en sus de l'intérêt sur l'emprunt? (Non! non!) La nature de l'opération peut être encore soumise à une autre épreuve :

L'intérêt sur les dettes éteintes était de..........................$ 353,785
Tandis que l'intérêt sur les $5,808,595 employées à les
    éteindre, était de..   227,174
En sorte que, évaluée de cette manière, il y a un gain
    réel de...$ 126,611

    Mais on peut nous demander ce que nous ferons lorsqu'il s'agira de récupérer cet emprunt; dans quelle position nous nous trouverons s'il vient des tems difficiles, et s'il ne nous faudra pas recourir à la Banque de Montréal ou aux Baring et Glyn, pour leur emprunter de l'argent de nouveau? Je vais faire voir à la chambre ce que nous avons à notre disposition pour cet objet,—ce que le gouvernement a spécialement mis de côté pour récupérer l'emprunt. Ainsi que je l'ai dit, le produit total de l'emprunt a été de....................................$10,283,003
Déduisez ce qui a été placé dans le fonds d'amor-
    tissement pour son remboursement..............$ 270,500
Et sur le chemin.....................................   132,299
                               402,799

Ce qui laisse..$ 9,880,204

Pour y faire face, nous avons entre les mains des
agents financiers........................... ... $2,850,587

En bons des Indes, estimés à 10 pour cent de
prime (je crois que la cote est maintenant
plus élevée).................................... 749,466

Nous avons la dette du Grand Occidental, en bons
spécialement affectés à sa liquidation, et qui
sont pour nous une garantie incontestable...... 3,254,901

Nous avons la certitude de recevoir, dans le cours
des 18 mois à compter de juillet 1868, des
dépôts de caisses d'épargne au montant de..... 1,000,000

Dans le cours de 2½ années, nous comptons
recevoir des compagnies d'assurance, qui ont
temporairement déposé des bons anglais et
américains...... 1,500,000

Nous avons à la Banque de Montréal un dépôt
spécial portant 4 pour cent d'intérêt........... 1,500,000
                                           10,854,954

Ce qui, en sus de nos obligations, laisse à notre disposition
la somme de...... ....$ 974,750

L'Hon. M. HOLTON.—Comment se fait-il que vous appliquiez la
dette du Grand Occidental à cet objet ?

L'Hon. M. ROSE.—Parce que nous la considérons, non pas comme
un revenu ordinaire, mais comme étant disponible pour un objet comme
celui-ci.

L'Hon. M. HOLTON.—Mais comment la consacrerez-vous à cet
objet particulier ?

L'Hon. M. ROSE.—Les fonds sont disponibles, puisqu'ils sont mis à
la banque—et je puis faire observer que nos balances en banque ne sont
pas minimes. A l'heure qu'il est, je pense que nous avons un peu plus
de deux millions à la banque. (Ecoutez !)

Quant au dépôt spécial de $1,500,000 à la Banque de Montréal, je
puis ajouter que cette somme y a été déposée en différents temps depuis
novembre dernier. Trouvant que le taux du change à New-York nous
justifiait de vendre, nous avons vendu de temps à autre, mais sur cette
somme il nous est resté une balance pour payer à Londres nos intérêts
du mois de juillet. Nous nous trouvons, par conséquent, avoir réalisé
ici 4 pour cent d'intérêt, tandis qu'en Angleterre le taux n'était alors
que d'environ un pour cent.

M. MACKENZIE.—Le principal, de même que l'intérêt de la dette
du Grand Occidental, ne devrait-il pas être appliqué à récupérer l'emprunt intercolonial ?

L'Hon. M. ROSE.—Quand nous aurons les fonds, nous pourrons les
considérer comme formant partie de cet emprunt ou de tout autre fonds.
Nous n'avons pas de caisse distincte pour chaque paiement particulier.
(Ecoutez !) L'honorable préopinant voudrait-il dire qu'il doute que les

sommes exceptionnelles que j'ai énumérées, et qui rentrent de temps en temps à part des revenus ordinaires du pays, puissent amplement suffire à récupérer l'emprunt intercolonial ? [Ecoutez !] A cet égard, je n'ai pas cru nécessaire de mentionner nos crédits spéciaux, car j'admets qu'il est du devoir du gouvernement, lorsque l'honneur du pays est en jeu, de veiller à ce qu'il n'y ait aucun doute que les fonds seront à sa disposition quand il en aura besoin.

Nous avons, il est vrai, un crédit de £500,000 sterling à la Banque de Montréal, et de £250.000 sterling chez MM. Barings et Glynn, mais je n'éprouve aucune hésitation à dire qu'il n'y a pas la moindre possibilité que nous en ayons besoin pour cet objet, car les revenus spéciaux dont j'ai parlé seront plus que suffisants pour récupérer le montant, sans avoir à recourir à nos banquiers. [Ecoutez !]

Je viens de faire voir à la chambre comment il a été disposé des produits de l'emprunt intercolonial. J'ai fait l'énumération de l'actif sur lequel nous comptons et qui suffira amplement, quand besoin sera, pour récupérer l'emprunt, outre les $975.750 qui nous resteront ; or, je le demande, quelque honorable membre voudrait-il affirmer maintenant que l'honneur et l'intérêt du pays n'ont pas été également sauvegardés ?

Si, cependant, nous avions laissé ces dix millions en Angleterre à 1 pour cent d'intérêt, tandis que nous payions 7 à la Banque de Montréal, et à d'autres créanciers 5 et 6 pour cent, comment aurions-nous pu demander à la chambre de justifier cette manière d'administrer nos fonds publics ? Ne nous aurait-on pas justement condamnés comme coupables d'avoir délibérément méconnu l'intérêt public, en faisant ainsi preuve d'une injustifiable défiance de nos propres ressources, en mettant en doute notre honnêteté et la suffisance des fonds spéciaux sur lesquels nous avions droit de compter pour faire honneur aux emprunts que nous avions contractés ? [Applaudissement.]

Craignant de lasser la patience de la chambre [cris de : Non ! non !] je me hâte de passer à une autre partie de mon sujet.

L'Hon. M. ANGLIN—Avant que l'honorable monsieur n'aille plus loin, j'aimerais à lui entendre dire d'après quel principe il réunit aux recettes des premiers neuf mois de l'année courante les $436,666 versées pour le règlement de la dette du chemin de fer Grand Occidental ?

L'Hon. M. ROSE.—C'est facile à expliquer. Ces recettes sont une partie de l'arriéré de l'intérêt du prêt. Nous ne mettons au compte du revenu aucune partie du capital de ce prêt. [Ecoutez ! écoutez !]

Avant de soumettre à la chambre mes estimations détaillées de la dépense et du revenu de 1869-70, je me permettrai quelques courtes observations sur la condition du pays, et cela parce qu'il est avéré que la somme du revenu sera, dans une certaine mesure, dépendante de cette condition, qui influe considérablement sur les recettes douanières et de l'excise—les principales sources sur lesquelles nous devons compter comme revenu.

L'on a dit que la condition du pays est mauvaise, au point de vue commercial et autrement, que le commerce est languissant, que nos marchands souffrent de la gêne, que les habitants quittent le pays pour chercher ailleurs du travail, que nos manufactures sont stagnantes, et que le pays est si loin d'être prospère que l'on y entend même des murmures d'un mécontentement politique.

On a même allégué que cela était dû à l'absence d'un marché américain pour nos produits. Eh bien! quelque désavantigeuses que soient les circonstances où nous nous trouvons, je crois qu'il n'est pas difficile de démontrer qu'elles sont surtout le fait d'une seule cause, c'est-à-dire, un commerce excessif, des importations excessives. Elles sont dues, à un degré très prononcé, à l'absence du marché auquel nous étions habitués pour l'écoulement de nos produits naturels de l'autre côté de la frontière.

Je ne veux pas fatiguer la chambre en déroulant devant elle de nombreuses statistiques, mais il est certains indices qui frappent tellement que je crois qu'ils convaincront n'importe qui que notre condition générale est bonne, quelque grande que soit la dépression subie par quelques intérêts particuliers, et que nous continuons à suivre la même voie progressive qu'autrefois, sinon avec rapidité, du moins d'un pas ferme. [Ecoutez! écoutez!]

Nous avons des faits en nombre suffisant pour nous convaincre que la grande masse de notre population agricole est à l'aise et que nous n'avons rien à craindre dans les circonstances actuelles.

Le découvert dans le revenu des douanes même est dû à une cause qui, quelque embarassante qu'elle soit pour nous qui délibérons ici, n'est pas tout-à-fait à déplorer ni sans offrir des avantages équivalents comme compensation. Ce découvert pourrait être attribuable, soit à la pauvreté, soit à un sentiment croissant de prudence; mais il n'a pas pour cause la pauvreté, car la récolte de l'année dernière n'a pas, en somme, été mauvaise. Mon impression est qu'il est dû à la prudence des importateurs, car voyant qu'il y avait plus de marchandises que le pays n'en pouvait consommer, ils se sont prudemment abstenus de faire de nouvelles commandes, l'année dernière, ce qui a diminué le chiffre des importations. [Ecoutez!]

On peut trouver l'indice de la bonne condition du pays dans les dépôts des banques, dans l'état prospère des banques d'épargne, dans l'accroissement continu du trafic de nos voies ferrées, et dans l'évidente augmentation des richesses matérielles indiquées par nos statistiques municipales. Qu'il me soit d'abord permis de vous faire voir quel a été le taux progressif de nos dépôts de banque; mais sur ce point, il me fait peine de le dire, je ne puis parler que des provinces constituant autrefois le Canada, car les renseignements de ce genre sur les autres parties de la Puissance ne sont pas aussi complets que nous pourrions le désirer, bien que chaque jour j'aie la satisfaction de voir que les moyens d'obtenir ces renseignements deviennent plus faciles.

Il y a une dizaine d'années, disons en 1858, les dépôts dans les banques du Canada ne s'élevaient qu'à $8,358,000 ; en 1866, ils avaient atteint le chiffre de $27,600,000, en 1867, $28,900,000, et en 1868, $31,-600,000. [Ecoutez! écoutez!] Ces chiffres démontrent qu'il y a eu augmentation constante des dépôts de numéraire dans les banques—qui, comme de raison, sort des mains des banquiers pour servir à l'usage général du commerce. [Ecoutez!]

Quant aux dépô's dans les banques d'épargne, ils n'ont pas diminué; ils ont plutôt augmenté, bien qu'à un taux moindre que ceux des banques ordinaires, ce qui ne laisse pas que de prouver d'une manière satisfaisante que même les classes les moins riches de la société ont un surplus considérable dont elles peuvent disposer.

Les dépôts aux banques d'épargne, dans Ontario et Québec, se décomposent comme suit :—

En 1865	$2,904.000
1866	$2.941,000
1867	$3,234,000

Les dépôts à intérêt dans les sociétés de construction ont aussi considérablement augmenté pendant la même période, et ils se sont élevés :—

En 1865, à	$585,000
1866, à	$629,000
1867–8, à	$919,000

En sus de ces chiffres, nous avons les sommes déposées aux caisses d'épargne du département des postes—qui ne sont en opération que depuis une année—dont les chiffres étaient :—

Le 30 juin 1868, de	$204,000
Le 31 mars 1869, de	$676,000

Au Nouveau-Brunswick et à la Nouvelle-Ecossse, il y a une augmentation également satisfaisante dans les dépôts aux banques et caisses d'épargne. Nous voyons donc, comme résultat général, que la totalité des dépôts dans les banques et caisses d'épargne a augmenté à peu près comme suit dans les trois dernières années :—

En 1866, leur chiffre s'était élevé à		$32,600,000
1867,	" "	$34,000,000
1868,	" "	$37,500,000

Dans tous les cas, ces chiffres n'offrent aucun indice de ruine et d'appauvrissement du pays. [Ecoutez! écoutez!]

Si vous prenez le trafic par voies ferrées, vous verrez qu'il indique, dans le développement de notre commerce, tant extérieur qu'intérieur, un accroissement sinon très considérable, du moins très satisfaisant. Le trafic des chemins de fer du pays a donné par mille :—

En 1866, environ	$4,620
1867	$4,800
1868	$5,000

Les lignes de communications télégraphiques augmentent aussi rapidement, et chaque jour le besoin général s'en fait de plus en plus sentir. L'année dernière, elles ont été prolongées de plus de 1,000 milles, et cette année l'on s'attend qu'elle prendront encore une plus grande extension.

Vous pouvez voir un autre indice de la condition prospère du pays dans l'accroissement du capital des banques, qui correspond au développement du commerce du pays, lequel nécessite de plus grands capitaux ; le nouveau capital versé dans les banques s'élevait :—

En 1866, à.. $1,618,414
1867, à... 1,979,737
1868, à 2,838,434

Je n'ai que faire de mentioner les progrès de différentes cités comme Toronto, Montréal, et toutes les autres, depuis London jusqu'à Halifax ; mais sans fatiguer la chambre avec des statistiques, j'aimerais à citer un ou deux faits tirés des rapports municipaux qui nous parviennent actuellement.

A propos de ces statistiques municipales, je ne saurais insister avec trop de force auprès des honorables membres sur la nécessité d'employer toute leur influence à les faire préparer le plus exactement possible.

Nuls renseignements ne sauraient être plus précieux, dans leurs rapports avec la condition du pays, que ceux que nous offrent ces relevés municipaux, s'ils sont exacts et complets. Je ne vois aucune raison pourquoi ils ne seraient pas dre sés avec exactitude dans chaque province ; s'il en était ainsi, ils mettraient grandement en lumière la condition et les progrès du pays.

Jusqu'à ce jour, vingt comtés dans Ontario ont fourni ces rapports. Ils sont maintenant en voie d'être examinés, et les résultats pourront être sujets à quelques corrections, mais en comparant vingt de ces rapports pour 1868 avec ceux des mêmes comtés pour 1867, j'ai trouvé l'augmentation suivante pour une année dans la valeur des—

Bêtes à cornes.. $ 385,050
Moutons... 156,975
Chevaux 458,440

$1,000.465
Ils indiquent, à l'égard des por s, une diminution d'environ   242,000

Ce qui porte l'augmentation de la valeur des bestiaux possédés par les cultivateurs à.. $ 757,800
L'accroissement de la valeur cotisée des immeubles est de.... $1,716,745

Donnant une augmentation totale dans la valeur des fermes, habitations et bestiaux dans 20 comtés, de................... $2,474,545

En appliquant la même proportion à toute la province d'Ontario, c'est-à-dire en faisant une estimation pour toute la province dans la même proportion indiquée par les rapports de l'année précédente pour ces vingt comtés, nous aurions pour les autres comtés une augmentation de $1,113,545, et un accroissement total de $3,588.09) dans la valeur cotisée de la propriété pour une année, dans une seule province de la Puissance. [Écoutez ! écoutez !]

Sans affirmer que l'on doive se fier aveuglément aux conclusions tirées de chiffres de cette nature, cependant, en tant que nous pouvons en juger d'après les faits à notre connaissance, en tant que les indices que j'ai mentionnés font voir la condition réelle du pays, je pense, bien que quelques intérêts aient pu souffrir, que nous pouvons en inférer que le pays est généralement prospère. [Applaudissements.]

Examinons aussi l'opinion qui existe à l'étranger au sujet de notre condition, opinion qui est démontrée par la hausse de la valeur de nos effets publics durant les trois dernières années. Les mêmes 6 pour cent qui, en mai 1866, valaient 97, valent 105 en mai 1869. Nos cinq pour cent, dont la cote de 1866 était de 84½, rapportèrent 95 en 1868.

Cela, je pense, témoigne assez bien qu'à l'étranger on ne trouve pas que nous marchions trop vite, ou que notre pays soit dans une situation fausse.

Comparons aussi la valeur de nos effets publics avec ceux de la république voisine. Nous savons que cette année ses 6 pour cent ont oscillé de 79 à 83, tandis que les nôtres, comme je viens de le dire, valent 105 ; que ses cinq pour cent ont varié de 73 à 79 ; que ceux mêmes de l'Etat du Massachusetts, qui est très jaloux de son crédit, ont été vendus à 76, tandis que les nôtres, ainsi que je l'ai démontré, sont presque arrivés au pair. Plus que cela, M. l'Orateur, si vous examinez les cotes du marché monétaire anglais, vous verrez que les effets de notre pays ont le pas sur ceux de bien des contrées européennes. [Ecoutez ! écoutez !]

Nous reconnaissons aujourd'hui, M. l'Orateur, que l'année dernière, de même que la précédente, nous avons un peu trop compté sur notre état de prospérité et sur l'étendue de notre commerce. Diverses causes avaient contribué pendant quelques temps à lui donner un développement inaccoutumé. La grande guerre de nos voisins avait, pendant plusieurs années, laissé un vide dans plusieurs branches du commerce, et, dans une certaine mesure, ce vide fut rempli par nous, non-seulement sous le rapport des productions agricoles, mais aussi pour les importations de nouveautés, de thés, épiceries, etc., qui passaient la frontière canadienne. L'élan ainsi donné à notre commerce pendant deux ou trois ans fit que les importations de l'étranger en ce pays augmentèrent dans une proportion bien plus grande que ne l'exigeait l'accroissement de la population ou de la consommation du pays, et je n'ai aucun doute que durant la dernière ou les deux dernières années, nous avons un peu trop compté sur la prévision que cet état de choses durerait.

Nos importations de nouveautés qui, en 1859, s'élevèrent à environ $10,000,000, arrivèrent en 1866 et 1867 au chiffre de $21,000,-000. Dans les deux dernières années de cette période, le total de nos importations, qui en 1864-65 était de $39,800,000, s'éleva en 1866-7 à $52,600,000, tandis que durant la même période les importations de nouveautés augmentèrent de $13,500,000 à $21,500,000. Eh bien ! M. l'Orateur, la consommation ordinaire du pays ne pouvait justifier cet énorme accroissement des importations de nouveautés, tout-à-fait disproportionné à l'étendue de notre commerce.

Nous savons que pendant la guerre américaine, le commerce et l'industrie de nos voisins se trouvèrent paralysés, et une partie considérable de nos importations s'écoula conséquemment aux Etats-Unis ; mais depuis la guerre, le vide qu'elle avait créé s'est rapidement rempli et l'industrie du pays est rentrée dans son état normal. Voilà pourquoi, dans la dernière partie de l'année fiscale 1867-68, nous avons vu que nos revenus douaniers commençaient à baisser, surtout sur les cotons, les laines et les toiles.

Je vais maintenant indiquer dans quelles proportions, pour ces trois grandes classes d'articles composant la masse de nos importations, la baisse s'est manifestée.

J'ai essayé d'en analyser les chiffres, et je puis dire ici que nous nourrissons l'espoir d'être, l'année prochaine, en mesure de pouvoir mettre notre statistique commerciale dans une condition telle qu'il sera moins difficile qu'aujourd'hui de donner à la chambre et au public des renseignements complets et exacts sur le commerce du pays. Actuellement, ce travail nécessite un labeur immense, car il faut collectionner les détails et préparer ces statistiques pour l'ancienne province du Canada, tandis que les provinces du Nouveau-Brunswick et de la Nouvelle-Ecosse ont chacune un système différent. Je considère qu'il est de la plus haute importance que nous ayons un système uniforme et aussi parfait que possible de statistique commerciale pour l'information du gouvernement, du parlement et du pays en général. (Ecoutez ! Ecoutez !)

Eh bien ! M. l'Orateur, on a constaté que la diminution du revenu des droits de douane perçus durant la dernière année, 1867-68, comparée avec l'année précédente, n'était de pas moins de 25½ p. c. sur les laines, de 16¾ p. c. sur les cotons, et de 24 p. c. sur les toiles. Les articles qui presque seuls aient donné une augmentation—nous en devons remercier le beau sexe—sont les articles de fantaisie et de mode (Hilarité) dont les droits ont fourni un excédant de 11 p. c. Cependant, il y a une augmentation équivalente dans une autre branche et qui est imputable à notre sexe, c'est-à-dire dans le revenu des droits sur les liqueurs, qui s'est accru presque dans la même proportion. (Hilarité.)

Ne voulant pas obséder la chambre par de nouveaux détails sur cette partie du sujet, je me permettrai de dire, à l'égard des premiers neuf mois de 1868-69, comparés avec la période correspondante de 1867-68, que les droits ont diminué :—

Dans l'ancienne province du Canada, de $450,000 ou près de 9 p.c.
Au Nouveau-Brunswick............... de   101,000 ou .... 15 p.c.
A la Nouvelle-Ecosse.................. de   321,000 ou environ 37 p.c.
Ce qui donne pour toute la Puissance une diminution de $870,000, ou environ 13 p. c. sur les recettes totales de la période correspondante de l'an dernier.

M. D. A. MACDONALD (Glengarry).—Nos amis de la Nouvelle-Ecosse vont trouver là un nouvel argument en faveur du rappel. (Hilarité.)

L'Hon. M. ROSE.—Cette diminution est principalement pour les trois articles mentionnés,—les laines, les cotons et les toiles,—et s'explique dans une grande mesure par les faits que j'ai relatés il n'y a que quelques instants. Quant à l'un de ces articles, cependant,—les laines,—il n'y a aucun doute que sa production a considérablement augmenté chez nous.

M. MACKENZIE.—Est-ce que ce découvert n'est pas en partie le fait de la baisse dans les prix des principaux articles ?

L'Hon. M. ROSE.—Sans doute ; mais nos tableaux sont établis sur la

valeur, et ils n'indiquent pas les quantités, malheureusement. Les rapports anglais indiquent les quantités de même que les valeurs. Les valeurs
ont beaucoup baissé. Je pourrais donner les quantités exportées dans
l'Amérique Britannique d'après les tableaux du mouvement du commerce
en Angleterre, mais je ne veux pas fatiguer la chambre en entrant dans trop
de détails. Mon impression est que les quantités importées—les cotons
surtout—ont diminué, bien que dans une moindre proportion que leur
valeur.

Avant de faire l'exposé de l'estimation du revenu de l'année prochaine,
j'ai cru de mon devoir, M. l'Orateur, de faire connaître clairement à la
chambre sur quelles raisons je m'appuyais pour établir notre revenu des
douanes et de l'excise. J'ai senti qu'il ne convenait pas d'en venir de
suite à la conclusion que nous devrions avoir neuf ou dix millions de
revenu, sans m'enquérir soigneusement de tous les moyens à la disposition de l'Etat pour constater quelles étaient les ressources probables de
l'année prochaine. Nous avons donc cherché, en consultant toutes les
sources de renseignements à notre portée, à arriver à des résultats certains ; et afin que les honorables membres aient les mêmes moyens de se
faire une juste idée de la perspective que le gouvernement a relativement
au revenu, je vais leur faire connaître les moyens auxquels nous avons
eu recours.

Nous nous sommes adressés à différentes chambres de commerce et à
d'autres corps publics qui ont des occasions d'acquérir des renseignements
statistiques que le gouvernement n'a pas. Nous avons obtenu des officiers
de douane des principaux ports les quantités d'articles entreposés cette
année, comparées avec celles de l'année dernière. Quant à la totalité des
articles en entrepôt, il paraîtrait qu'elle est cette année inférieure à la
moyenne de quelques années précédentes, bien qu'elle soit un peu plus
forte qu'elle ne l'était en 1868. La valeur des articles entreposés a été—

En avril 1868, de.............................. $2,906,184
En avril 1869, de.............................. 3,117,335

Ce qui représente une augmentation de $211,000 ; mais le dernier
chiffre est moindre que la somme des articles ordinairement en entrepôt
à cette période de l'année.

Les droits sur la masse des articles entreposés en 1868 seraient de
$775,655, tandis que pour 1869, leur chiffre s'élèverait à $1,021,141.

L'objet suivant de notre enquête était de constater la quantité d'articles sortis de la douane et se trouvant actuellement dans le commerce.
En s'adressant à différentes maisons où l'on tient d'ordinaire un fonds
considérable de marchandises, nous avons voulu nous assurer de combien
le fonds chez les marchands excédait ou était moindre que celui en main
à cette saison l'année dernière.

Le résultat de ces questions, adressées dans chaque localité à ceux
reconnus comme étant les plus intelligents et les plus capables de donner
de bons renseignements, a été celui-ci :

Les réponses reçues sont au nombre de 23, dont 7 déclarent que les
fonds sont à peu près les mêmes cette année que l'année dernière ; six
disent qu'ils sont plus considérables, tandis que dix—et elles viennent

de places de commerce des plus importantes—prétendent qu'ils sont moindres, sauf à l'égard d'un ou deux articles.

Des questions furent aussi adressées à diverses localités au sujet de la perspective des importations pour la saison prochaine. Onze marchands répondirent qu'elles excèderaient celles de l'an dernier; sept qu'elles les égaleraient, et cinq qu'elles seraient moindres.

Eh bien! M. l'Orateur, le résultat des opérations de l'année va dépendre, dans une grande mesure, de la récolte que la Providence daignera nous accorder, mais je pense qu'il y a déjà des indices que le commerce se remet de la crise partielle qu'il vient de subir.

Je ne désire point, dans le but de voir s'accroître les droits de douane, que les importations soient considérables. Je doute s'il serait de l'intérêt du public que nous eussions cette année d'aussi fortes importations que celles que nous avons eues il y a quelques années.

Je préfèrerais de beaucoup que le gouvernement s'imposât la tâche laborieuse de pratiquer l'économie, et qu'il éprouvât quelque difficulté à balancer son bilan, plutôt que de voir le pays importer au-delà de ses besoins réels.

Nous serions cependant tous heureux de voir le commerce se raviver, mais, comme j'ai eu l'occasion de le dire, il y a déjà des indices de réveil, car je vois que pour les quatre premiers mois de cette année, il y a eu augmentation de 2¼ pour cent dans les recettes des douanes sur les mois correspondants de l'année dernière, tandis que le mois d'avril a donné un excédant de 8¼ pour cent sur avril 1868.

Je crois donc que nous pouvons raisonnablement prévoir que les revenus douaniers de l'année future seront plus élevés, au lieu d'être moindres, que ceux de l'an passé.

Nous pouvons en dire autant de l'excise. Dans cette branche du revenu, les premiers quatre mois de l'année donnent un excédant de deux pour cent sur la période correspondante de 1868, et l'excédant de l'un de ces mois représente une somme de $92,000.

D'après notre connaissance générale des circonstances où se trouve le pays, et d'après les faits que j'ai cités, je pense que nous pouvons inférer que le malaise dont souffre actuellement notre commerce n'est pas dû à quelque calamité inhérente au pays, mais simplement ou principalement à ce que nos importations de certains articles ont été trop considérables. [Ecoutez! écoutez!]

Que l'on me permette maintenant de signaler une autre cause à laquelle on attribue généralement la stagnation de notre commerce, et en le faisant je vais mettre la chambre en possession de faits qui, je le pense, démontreront que l'importance de cette cause a été de beaucoup exagérée. Je veux parler de l'abrogation du traité de réciprocité, qui nous a privés du libre accès dont nous jouissions aux marchés des Etats-Unis.

Personne plus que moi n'est en faveur du libre échange, mais je dois dire aussi que je suis loin de désespérer d'un avenir qu'on semble vouloir nous nier. Pour calculer d'une manière sûre la pleine valeur de nos anciens rapports commerciaux avec nos voisins,—pour arriver à une évaluation exacte de la diminution de notre commerce depuis l'abrogation du traité,—et de plus pour nous mettre à même de juger si la dépression actuelle de notre commerce est ou non due à cette cause, je citerai des faits extraits de statistiques officielles que je me suis procurées aux Etats-Unis. Je compte sur l'indulgence de la chambre dans cette exposition de quelques faits relatifs au commerce entre le Canada et les Etats-Unis, l'année dernière, comparé à celui de l'année qui précéda l'abrogation du traité de réciprocité,—exposition que je fais dans le but de montrer quel effet cette abrogation a eu sur les intérêts de notre pays.

Nous savons que durant huit années, antérieurement à l'expiration du traité, le commerce entre le Canada et les Etats-Unis avait considérablement augmenté, s'élevant à $35,000,000 ou $40,000,000, et je crains que l'un des effets de notre facile accès à des marchés si voisins de nous, n'ait été de nous habituer à trop compter sur ces marchés, de décourager l'esprit d'entreprise dans notre pays, d'empêcher nos commerçants de se diriger vers d'autres marchés que nous aurions bien su trouver, dans d'autres circonstances et si le surplus de nos produits n'eût pas été absorbé à nos portes. [Ecoutez !]

Je n'hésite pas un moment à admettre que la position d'isolement prise par les Etat-Unis depuis l'abrogation du traité a nui au commerce des deux pays, mais je tiens à démontrer aux honorables membres qu'on a beaucoup exagéré l'importance de l'exclusion de nos produits principaux des marchés des Etats-Unis. [Ecoutez !] Je veux clairement démontrer à la chambre que la diminution des exportations de nos produits principaux chez nos voisins n'a pas été aussi considérable qu'on le suppose. [Ecoutez ! écoutez !]

En premier lieu, je parlerai de notre position géographique.—Je suis très-heureux de voir l'honorable membre pour Hochelaga [l'honorable M. Dorion] à son siége en ce moment, car cet honorable monsieur a signalé cette question hier ou avant-hier. Je suis sûr que l'honorable membre accueillera volontiers une explication, et convaincu de cette bonne disposition, je vais essayer de lui faire voir que les craintes qu'il a exprimées dernièrement au sujet de l'abrogation du traité de réciprocité ne sont aucunement fondées.—Quelle est notre position géographique relativement aux Etats de l'Union, dont la consommation est la plus considérable ? Nous nous trouvons, pour ainsi dire, à l'entrée de la mer, à 200 ou 300 milles du centre des Etats de la Nouvelle-Angleterre,— Etats qui offrent un marché toujours croissant pour les produits agricoles. Je crois que le chiffre de la consommation de ces produits dans la Nouvelle-Angleterre n'est pas généralement connu en Canada, non plus que de l'autre côté de la frontière. Ces Etats tirent des approvisionnements considérables d'autres parties de l'Union ; mais nous avons l'avantage d'être à environ deux cent milles de la grande section manufacturière de l'Union Américaine, et chaque année la culture des céréales diminue dans cette section et se porte de plus en plus vers l'ouest, tandis que les moyens de communication n'ayant pas augmenté proportionnellement, le prix du transport aux points où a lieu la consommation augmente tous les jours. Or, le dernier rapport du commissaire de l'agriculture pour Ontario,—un excellent rapport, dont le pays est redevable à mon honorable ami,—démontre que la production des céréales dans cette province est plus considérable que dans l'Etat de New-York, et que les autres produits agricoles d'Ontario fournissent un surplus considérable. Là, comme en Europe, l'agriculture est une science, tandis que dans les Etats de l'Ouest, c'est bien différent, car du moment que le sol vierge est épuisé, les agriculteurs se dirigent plus loin vers l'ouest. Ils n'essaient jamais le système de culture pratiqué dans la province d'Ontario. Je prétends donc, relativement au commerce de la Nouvelle-Angleterre, si l'on considère que la région agricole de l'ouest tend à s'éloigner graduellement chaque année, que l'on verra que la nature nous a donné un avantage dont rien ne peut nous priver définitivement. [Applaudissements.]

Je mentionnerai maintenant un ou deux faits relatifs à ce commerce de la Nouvelle-Angleterre, et à cette fin je citerai un document officiel publié par le gouverneur Andrews, du Massachusetts. De ce document il appert qu'en 1860 plus de quatre fois le produit des céréales des Etats de la Nouvelle-Angleterre fut vendu à Boston pour la consommation locale. Il évalue le produit de ces Etats à 1,077,285 minots, représentant à peu près 225,000 barils de farine,—tandis qu'à Boston seulement il a été vendu 800,000 barils de farine provenant du nord et de l'ouest. Nous savons tous que l'accroissement de cette population de consommateurs, depuis cette époque, a dû augmenter proportionnellement la consommation, parce que la population manufacturière de New-York a toujours été en augmentant, tandis que la superficie agricole de ce même Etat a diminué ; on voit maintenant des villes là où il y avait naguères des terres en culture, et de tous côtés le fabricant a chassé le paisible cultivateur. Les Etat de l'Est produisent donc moins annuellement, tandis que leur consommation augmente d'une manière régulière. Les recensements confirment tous ces faits. En 1850, la Nouvelle-Angleterre produisit 1,091,000 minots de blé. Dix ans plus tard, elle n'en produisait que 1,083,000, ce qui montre une baisse dans la production, tandis que, durant le même intervalle, sa population avait augmenté de 2,728,116 à 3,135,283. Si l'accroissement a continué depuis dans la même proportion, la population de la Nouvelle-Angleterre doit être aujourd'hui de 4,232,000,—d'où il résulte une consommation plus grande. On comprendra sans peine que la production diminuant et la consommation augmentant, la question de l'approvisionnement se complique. Il faut observer que les chiffres cités par moi n'ont trait qu'au blé, sans tenir compte du seigle, du blé-d'inde, etc. En 1860, avec une population de 3,135,283 âmes, ces Etats ont importé 10,350,000 minots de céréales ; combien donc importeront-ils avec une population de 4,232,000 ?

Je dirai maintenant un mot au sujet d'une rumeur qui a fait le tour de la presse, et suivant laquelle nos exportations aux Etats-Unis ont énormément diminué depuis l'abrogation du traité. J'ai obtenu du commissaire du revenu des Etats-Unis un état qui démontre que nos exportations aux Etats-Unis, pendant la dernière année du traité de réciprocité, ont été évaluées à $36,000,000. L'année dernière, elles représentaient

$28,000,000, ce qui indique une diminution apparente de $8,000,000.
En analysant ce rapport, on trouve, je crois, qu'il comprend les monnaies
et lingots, qu'à mon avis l'on devrait exclure des deux côtés. Alors il faut
tenir compte de la question des valeurs. En 1866, l'or était à environ
50 de prime. Maintenant il est à 35, ce qui modifie considérablement
les totaux. Le résultat définitif—en ne tenant pas compte des monnaies
et lingots—serait que, pendant la dernière année du traité, nos exportations aux Etats-Unis furent de $30,500,000 contre $24,226,000 l'année
dernière,—ce qui ne représente qu'une diminution de $6,274,000.
[Ecoutez ! écoutez !]

Il n'est pas sans intérêt de signaler les articles sur lesquels il y a eu
diminution ou accroissement. Pour le blé, nos exportations aux Etats-
Unis en 1868 dépassent celles de 1866 en quantité et en valeur. L'augmentation, en valeur, a été de $1,109,215.

L'Hon. M. HOLTON.—Où prenez-vous ces citations ?

L'Hon. M. ROSE.—Dans les rapports officiels de l'assistant-commis-
saire du revenu à Washington. J'y trouve aussi que, durant la même
période, il y a eu accroissement dans l'exportation de l'orge. La quantité
s'est accrue de 3,450,000 minots en 1865-6, à 3,780,000 minots en 1867-8.
Pour le bois de construction, l'accroissement en valeur a été de $2,078,-
689 en 1868 sur les exportations de 1866. L'exportation d'autres
articles non-énumérés a augmenté en valeur de $6,249,503 à $7,130,117,
soit $880,614 d'augmentation. Nos exportations ont surtout diminué
sur le charbon, le poisson et la farine. Les intérêts des propriétaires de
moulins en Canada, dans l'état actuel des affaires, demandent une
sérieuse considération, le droit différentiel imposé par les Américains sur
les farines ayant porté grand préjudice à une industrie évidemment
très considérable et très importante.

Les autres items indiquent une diminution des exportations d'avoine,
laine, animaux et leurs produits. Pour ce dernier item, il faut observer
que pendant la dernière année du traité de réciprocité, la demande des
Etats-Unis fut toute exceptionnelle. Il y eut une exportation énorme
d'animaux du Canada pour combler les vides opérés par la guerre américaine, et peut-être aussi en vue de l'expiration du traité. Il est notoire
que des centaines de nos cultivateurs, tentés par la grande demande et
les prix élevés qu'on offrait, vendirent à l'excès, si je puis ainsi dire, et
n'auraient pu exporter autant qu'à l'ordinaire si le traité eût été pro-
longé. [Ecoutez !] Quant à l'avoine, la récolte manqua l'an dernier,
et cet item n'eût été que secondaire dans nos exportations.

En examinant ces rapports en détail, je trouve que depuis l'expiration
du traité, l'accroissement de nos exportations des bois de construction a
été de 44 pour cent ; pour les minéraux, 26 pour cent ; poisson frais, tel
que le saumon, 41 pour cent. La diminution dans les exportations des
animaux et de leurs produits est considérable et représente 46 pour cent,
et cette diminution doit être fortement sentie dans les comtés limi-
trophes des Etats-Unis, dont les habitants regretteront vivement l'absence d'un marché d'un accès aussi facile que celui de la république
voisine. Mais pour le blé, les autres grains et le bois,—malgré les droits

élevés qui ont été imposés,—l'abrogation du traité a forcé le consommateur américain, et non le producteur, à payer ces droits. Quant à notre blé, il sera toujours en demande sur ce marché, tant que sa qualité sera aussi bonne qu'à présent ; car quelle est la proportion exportée de la récolte de tous les Etats-Unis ? Les marchés anglais ou étrangers n'en reçoivent que cinq pour cent, en sorte que les 95 pour cent qui restent sont consommés par la population des Etats-Unis. [Ecoutez ! Ecoutez.]

A six heures, l'Orateur quitte le fauteuil.

Après l'ajournement, l'Hon. M. ROSE reprend son discours en ces termes :—Les honorables membres ne doivent pas conclure de mes observations relativement à l'état du commerce entre le Canada et les Etats-Unis, que j'attache trop peu d'importance au libre échange avec nos voisins, car personne n'y attache plus d'importance que moi. Je désire le renouvellement du libre échange, parce que j'y vois non-seulement un avantage pour le commerce, mais un avantage national. Je désire que deux peuples ayant tant d'intérêts et de sentiments communs demeurent unis par des liens commerciaux. Mais je ne crois pas qu'en exagérant l'effet produit chez nous par l'abolition du traité, on atteigne ce résultat. [Applaudissements.] Les exagérations de l'effet de l'abrogation de ce traité en ce qui nous concerne,—l'obstination à répéter que notre commerce est paralysé et que nous sommes en face d'une ruine imminente, sont plus propres à nuire aux négociations qu'à favoriser le renouvellement du traité. [Applaudissements.] J'ai énergiquement blâmé cette manière d'envisager les choses.

Les citations que j'ai faites avant l'ajournement avaient pour but d'indiquer d'une manière précise les effets réels de l'abrogation du traité. Je désire attirer l'attention sur ce fait que le tableau dont j'ai cité des extraits embrasse toute la Puissance, toutes les provinces de l'Amérique Britannique du Nord. Il est important de ne pas perdre ce détail de vue, car la province qui a le plus souffert de l'abrogation du traité est la Nouvelle-Ecosse, et c'est celle qui se plaint le moins. Ses exportations de charbon et de poisson ont subi une grande baisse, mais elle a fait peu de cas de cette baisse, et c'est pourquoi je me suis basé plus particulièrement sur les tableaux officiels, afin qu'on ne s'exagère pas les effets produits sur notre commerce.

Avant de passer à un autre sujet, je dirai encore un mot de la réciprocité. Prenant les exportations des provinces d'Ontario et de Québec, nous trouvons que pendant la dernière année du traité de réciprocité, les exportations du Cananda, (déduction faite des monnaies et lingots,) se montèrent à $21,340,355, et en 1868 elles atteignirent $20,061,000,—ce qui indique une baisse de plus de 5 pour cent, entre 1865 et 1868. Nous trouvons que sur les articles suivants, produits en Canada, il y a eu augmentation, savoir :—Bois de construction, 44 pour cent, minéraux, 26 pour cent. Pour les animaux il y a eu une diminution de 46 pour cent ; mais sans l'exportation inusitée d'animaux pendant la dernière année du traité, la baisse n'aurait pas été aussi considérable. Dans les grands produits de l'agriculture, nous trouvons une diminution générale d'environ 2 pour cent,—le baisse principale portant sur les farines. Sur d'autres articles, il y eut une diminution analogue qui, toutefois, ne se monta qu'à $300,000. Nous pouvons donc constater ces deux faits, que depuis l'abrogation du traité de réciprocité, nos exportations de bois ont augmenté de 44 pour cent, tandis que celles des produits agricoles ont diminué de 2 pour cent. Ces calculs nous enseignent certainement à ne pas dédaigner nos forêts et leurs produits, dont l'exploitation peut devenir si avantageuse pour nous. Toutes les personnes au courant de l'état actuel des affaires aux Etat-Unis, doivent savoir que toute la section nord du Maryland s'approvisionne surtout au Canada pour le bois de construction. Nous savons que les forêts du Maine sont épuisées, et pour l'approvisionnement du Michigan, un nouveau marché considérable vient d'être ouvert par le chemin de fer du Pacifique. Les Etats de l'Est devront donc toujours dépendre du Canada pour leur approvisionnement de bois. Malgré l'accroissement énorme des droits depuis l'abrogation du traité, nos exportations aux Etats-Unis se sont accrues dans une proportion considérable, et non-seulement cela, mais nombre d'Américains sont venus chez nous pour exploiter nos bois et nos scieries, et faire directement le commerce avec l'étranger. L'accroissement de cette branche de commerce est remarquable. Cette année, onze cargaisons ont été consignées pour Montevidéo, quatre pour Buénos-Ayres, une pour Valparaiso et une pour l'Australie. Ces exportations sont surtout l'œuvre d'Américains résidant parmi nous, et qui ont expédié du Canada un article qu'ils exportaient précédemment des Etats Unis. J'ajouterai, pour terminer sur ce point, qu'en ce qui regarde le bois de construction, l'un des plus essentiels et des plus importants articles compris dans le traité de réciprocité, que nous envisagions la question au point de vue des moyens d'approvisionnement futur, ou de notre proximité des marchés américains, l'on se convaincra que nous n'avons rien à craindre de la politique qu'adopteront les Etats-Unis. Nous avons la matière première ; cette matière première manque aux Etats de l'Est, et ils ne peuvent trouver ailleurs un approvisionnement suffisant. [Ecoutez ! écoutez !]

Je dirai maintenant un mot ou deux de notre commerce intérieur, et ferai voir dans quelle condition il se trouve depuis l'union des provinces. Je ferai observer que les tableaux du commerce et de la navigation soumis aux honorables membres ne donnent pas le renseignement que nous désirons surtout avoir. Nous désirons savoir quel a été le courant du commerce entre les provinces,—combien Ontario et Québec ont expédié au Nouveau-Brunswick et à la Nouvelle-Ecosse, et combien ces provinces ont expédié en retour. J'ai dû aller chercher ailleurs des renseignements pour constater la direction et l'étendue de ce commerce. J'ai obtenu d'autres sources, c'est-à-dire des diverses compagnies de chemins de fer, des chambres de commerce et des principaux percepteurs des douanes, les renseignements qui manquent dans les tableaux du commerce et de la navigation.

Pour la première année de la confédération, 1866-67, la farine exportée du Canada aux deux provinces de la Nouvelle-Ecosse et du Nouveau-

Brunswick, par le chemin de fer Grand Tronc, par le St. Laurent, et par le pont Suspendu, est portée comme suit et comparée avec 1867-68 :—

	1866-67	1867-68
Par chemin de fer G. T. (brls)	228,345	328,204
" le St. Laurent	99,367	111,081
" le pont Suspendu	21,300	4,000
	349,092	443,285

Cela montre un excédant de 94,193 barils de farine en faveur de l'année dernière, ou environ 33 pour cent. Je regrette beaucoup de ne pouvoir donner à la chambre autant de renseignements que je l'aurais désiré relativement à l'accroissement de notre commerce avec les provinces maritimes sous d'autres rapports. Mais à l'égard du charbon, je puis dire que l'année dernière nos importations ont augmenté d'environ 15 pour cent sur l'année précédente, et cette année l'on me dit que la proportion sera encore plus considérable. Au lieu de ne compter que sur le charbon anglais, nous pouvons maintenant nous approvisionner à Pictou et à d'autres ports de la Nouvelle-Ecosse ; nous pouvons l'acheter à meilleur marcher aux mines même, et le coût du fret de là à tout endroit à l'est de Kingston est beaucoup moindre qu'il ne le serait si nous l'apportions de l'autre côté de l'Atlantique. (Ecoutez ! écoutez !)

Avant de quitter définitivement ce sujet de nos relations commerciales intérieures et avec les Etats-Unis, j'espère que l'on me permettra de dire que je pense que notre conduite, depuis l'abrogation du traité de réciprocité, a été ce qu'elle devait être. Nous pouvons aujourd'hui dire à nos voisins en toute franchise :— " Nous ne nous plaignons pas de l'a-
" brogation de ce traité. Nous n'avons rien à redire à ce que vous avez
" fait. Nous savons quelles étaient vos difficultés financières lorsque
" vous l'avez abrogé. Nous connaissons l'état de l'opinion publique chez
" vous, qui, bien injustement pour nous, s'est montée contre nous en con-
" séquence d'événements à l'égard desquels le gouvernement ni le peuple
" de ce pays n'étaient à blâmer. Nous savons combien cela a attiré
" l'attention publique, dans le tems, sur le commerce et les relations com-
" merciales qui existaient entre le Canada et les Etats-Unis ; et nous
" savons quel en a été l'effet par rapport à l'abrogation du traité. Nous
" savons, cependant, que depuis cette époque, vos impôts intérieurs sur
" votre propre population ont été réduits ; nous croyons que vous avez
" maintenant des idées plus justes sur notre conduite durant la guerre,
" et que les sentiments d'acrimonie qui existaient autrefois ont disparu
" depuis, tandis que les pertes mutuelles provenant des restrictions impo-
" sées aux relations commerciales continuent à se faire sentir. Nous
" nous sommes jusqu'ici abstenus de toutes représailles ; nous avons con-
" tinué à vous accorder librement tous les avantages dont vous jouis-
" siez durant l'existence du traité, et nous avons tenu compte de toutes
" les circonstances exceptionnelles sous lesquelles vous l'avez aboli.
" Nous avons attendu patiemment et tranquillement, tout en vous
" conservant tous les avantages dont vous jouissiez auparavant. Nous
" avons permis à vos vaisseaux de naviguer librement sur nos canaux et

" nos rivières, quoique vous ne nous accordiez pas les mêmes priviléges.
" Nous vous avons permis de pêcher dans nos eaux moyennant une
" licence nominale, bien que notre poisson soit fortement taxé en entrant
" sur vos marchés. Nous n'avons pas cherché à gêner le transit de vos
" marchandises en entrepôt sur la péninsule d'Ontario, bien que nous
" ne jouissions d'un semblable privilége qu'à des conditions oné-
" reuses." (Car l'on ne sait peut-être pas, généralement, que bien que le
droit de passer nos marchandises en transit sur le territoire américain ne
nous est pas refusé, il est accompagné de conditions vexatoires et rui-
neuses.) (Ecoutez ! écoutez !) " Nous avons permis à votre charbon
" d'entrer en franchise, bien que vous imposiez un droit élevé sur le nôtre.
" Nous permettons l'importation en franchise de vos farines, vos céréales,
" votre houblon, votre sel et autres articles, tandis que non-seulement
" vous ne voulez pas nous rendre le réciproque, mais qu'encore vous
" nuisez à nos propriétaires de moulins en imposant un droit plus élevé
" sur les farines que sur les grains. Cet état de choses," pourrions-nous
fort bien ajouter, " existe depuis trois ou quatre ans, mais vous devez
" comprendre qu'il ne peut se perpétuer. (Ecoutez !) Le tems viendra
" peut-être bientôt où nous devrons avoir une politique nationale qui
" nous soit propre, que cette politique nationale pèche ou non contre une
" théorie ou une autre d'économie politique. (Ecoutez ! écoutez !) Car
" nous devons être guidés principalement, sinon exclusivement, par la
" considération de ce qui peut nous convenir à nous-mêmes, et nous
" pourrons avoir à consulter notre propre intérêt sans égard à celui des
" autres." (Applaudissements prolongés.)

Si les Etats-Unis montraient quelque disposition à négocier, nous
sommes prêts à les recevoir cordialement et à les rencontrer à mi-chemin ;
la République est la plus grande puissance, et il nous appartient de
répondre cordialement à son invitation. Mais il doit être parfaitement
et distinctement compris que l'opinion de ce pays est que, quelques
entraves qui puissent apporter les Etats-Unis dans nos relations commerciales avec eux, nous ne sommes pas disposés à troquer nos droits
constitutionnels, à abandonner nos relations politiques, ni nos espérances
d'existence nationale, contre de simples considérations commerciales.
(Applaudissements.) Il doit être parfaitement compris que nous ne
sommes, et que nous ne serons jamais disposés à abandonner nos relations
avec la mère-patrie, ni notre allégeance à la couronne britannique, comme
prix de notre admission sur les marchés de la République. [Applaudis.]
Que les Etats-Unis ne commettent donc pas la faute de différer les négociations dans cet espoir.   [Applaudissements.]

Nous pourrions trouver d'autres marchés pour nos pruduits, même si
nous avions souffert encore plus gravement que nous ne l'avons fait ; et
je crois que l'obligation où nous avons été de chercher d'autres marchés
nous a tiré de la léthargie temporaire dans laquelle nous avions été plongés
par la longue existence du traité. Il en a été de nous comme de l'Angleterre il y a quelques années. L'on supposait qu'elle serait complètement ruinée si elle ne tirait pas ses approvisionnements de coton américain des Etats du Sud. Mais lorsque la guerre arrêta ces approvisionne-

ments, d'autres marchés furent bientôt ouverts, et aujourd'hui les Etats-Unis fournissent moins de 40 pour cent du coton importé en Angleterre. L'Inde, l'Egypte, le Brésil et d'autres pays en fournissent une bonne part. [Ecoutez !]

Je ne veux pas en dire davantage sur ce sujet ; mais je répéterai que nous ne devons pas nous exagérer le dommage fait au commerce du pays en général par la suspension temporaire du libre échange entre nous et les Etats-Unis. Mais, M. l'Orateur, permettez-moi d'ajouter qu'il pourra arriver un temps où les intérêts exceptionnels dont j'ai parlé, et qui souffrent aujourd'hui d'une manière spécialement grave, devront être pris en considération par cette chambre. [Ecoutez !] Je ne pense pas que le temps de le faire soit au moment où nous sommes peut-être à la veille d'entamer des négociations sur toute la question. Nous savons qu'une résolution à l'effet d'ouvrir des négociations pour un nouveau traité a été unanimement adoptée par la chambre des représentants, et je suppose qu'il n'y a que l'extrême urgence des affaires nationales qui ait empêché ces négociations d'être actuellement ouvertes. [Ecoutez ! écoutez !]

Je dois maintenant prier la chambre de me prêter son attention pendant quelques instants, pour examiner notre propre perspective pour 1869-70. Le budget que j'ai déjà soumis à la chambre, et celui que j'ai encore à soumettre, ont été préparés avec le désir de faire voir complètement le coût et l'organisation des différents départements du service public. Nous nous sommes efforcés de restreindre les dépenses à cet égard dans les limites les plus étroites, sans nuire à l'efficacité du service. Nous avons cherché à scruter chaque item de dépense qui pouvait subir une réduction ; et ce soir, j'en appellerai à la magnanimité, à l'indulgence et au patriotisme des amis qui m'entourent, pour les engager à ne pas demander que l'on fasse des dépenses sur des travaux ou des services particuliers qui, quelque avantageux ou utiles qu'ils puissent être en eux-mêmes, peuvent être ajournés sans inconvénient. Ces travaux ne peuvent être poursuivis cette année, à moins que l'on ait recours à de nouveaux impôts, ou que nous empruntions de l'argent pour les faire. Au sujet des travaux comme le renouvellement ou l'extension de quais, havres, jetées, phares, etc., je pense que nous ne devrions pas emprunter d'argent pour les exécuter.

Quant à l'établissement du territoire du Nord-Ouest, il ne se trouve pas dans la même catégorie : le coût de ce territoire peut parfaitement être porté au compte de la postérité ; l'argent qu'il faudra pour le payer devrait être emprunté, ainsi qu'une autre somme destinée à ouvrir une communication avec ce territoire, car une fois que nous l'aurons en notre possession, nous devrons prendre des mesures efficaces et énergiques pour y avoir accès. (Applaudissements.) Il ne faut pas être parcimonieux dans cette affaire. L'établissement de ce territoire doit reposer sur des bases larges et solides. Lorsque nous nous serons entendus sur les meilleurs moyens de communiquer avec ce territoire, notre devoir sera de faire les travaux avec le moins de délai possible. (Applaudissements.)

Les frais de ces grands travaux peuvent, je crois, justement retomber sur la postérité ; mais les travaux ordinaires, comme les douanes, les bureaux de poste, et les autres que j'ai mentionnés, ne tombent pas dans la même catégorie. Si la maison d'un individu est trop étroite pour sa position actuelle, ou s'il veut faire quelque modification dans l'intérieur, cette dépense doit être faite à même ses revenus ordinaires, ou il ne doit pas l'entreprendre avant que ses moyens ne le lui permettent; et il en est de même à l'égard de ces travaux locaux.

Au lieu donc de demander à la chambre de prélever de nouveaux impôts sur le peuple, ou d'autoriser le gouvernement à emprunter de l'argent pour ces travaux, je préfère en appeler au patriotisme de mes amis pour les engager à ne pas demander d'argent pour des améliorations locales cette année, excepté pour celles qui sont absolument nécessaires au service public. Et je ne pense pas que cet appel soit mal accueilli, mais au contraire, je crois que nos amis nous féliciteront de nous voir prendre une position aussi tranchée. Quelque utile ou désirable que puisse être l'objet, s'il peut être ajourné, il vaudrait mieux qu'il le soit jusqu'à ce que le revenu devienne plus prospère. [Ecoutez! écoutez!]

Nous commençons à nous remettre de la réaction causée par l'énorme développement de notre commerce sous des circonstances exceptionnelles. Nous sommes sur le point de construire un immense chemin de fer à l'est; des travaux semblables sont entrepris par des particuliers dans l'ouest; il est donc évident que ces entreprises devront donner un nouvel élan à la prospérité du pays. Nous n'aurons donc pas à attendre longtemps une augmentation de revenus qui nous permettra de continuer les travaux locaux de la nature de ceux dont je viens de parler. [Ecoutez!]

C'est avec ces sentiments que le budget que je vous demanderai de sanctionner a été préparé. La question que nous nous sommes posée dans tous nos calculs a été: "Quelle dépense peut-on éviter cette année?" et je suis convaincu que le patriotisme et le bon sens des honorables membres les engageront à seconder nos efforts dans ce but.

Ainsi que je l'ai déjà dit, le plus important item de nos dépenses—l'intérêt sur la dette publique—n'est susceptible d'aucune réduction. Les effets publics déstinés au fonds d'amortissement, auquel il faut maintenant pourvoir tous les ans, doivent aussi être achetés. Ces deux items s'élèvent à $5,219,000. Ensuite nous avons les subventions aux diverses provinces, $2,500,000, et il y a quelques autres items, comme l'administration de la justice, les pensions, l'indemnité seigneuriale, les postes, et les travaux publics, qui ne sont aussi susceptibles d'aucune réduction; et ces dépenses s'élèvent à une somme totale d'environ $10,000,000. Les moyens à notre disposition pour réduire les dépenses sont bornés à bien peu de services importants. Dans les frais du gouvernement civil, nous avons sans doute le moyen de faire quelques réductions, et nous avons déjà fait ce que nous avons pu. Mais je ne ferais que tromper la chambre si je disais que nous pouvons faire beaucoup plus que ce qui est indiqué par le budget. L'année dernière, nous avons opéré une assez forte réduction sur ce service; et le gouvernement est aussi désireux qu'aucun honorable membre de l'autre côté peut l'être, que le service public se fasse non-seulement aussi bien, mais aussi économiquement que possible. Mais il y a une limite, et il est évidemment de l'intérêt public que ces réductions ne soient pas poussées trop loin. [Ecoutez! écoutez!]

Une autre dépense à l'égard de laquelle le gouvernement possède des pouvoirs discrétionnaires, et les a exercés, est celle qui a trait à la milice. (Ecoutez! écoutez!) L'honorable baronnet qui se trouve à la tête de ce département a incontestablement rendu un grand service au pays, non-seulement en lui inculquant l'esprit militaire, mais en maintenant l'organisation de la milice. Cet honorable monsieur a revisé avec ses collègues le budget du service de la milice, et je suis heureux de pouvoir informer la chambre que le résultat de cette révision a été, que sans nuire à l'efficacité du service, il dit qu'il en réduira les frais de plus d'un quart de million de piastres. (Applaudissements.) En sorte qu'au lieu de prendre $1,200,000 pour ce service, il n'en faudra que $750,000, à part ce qu'il faudra voter de nouveau pour l'année courante.

L'évaluation totale des frais de tous les services, pour l'année prochaine, est portée à $17,834,199. Mais dans cette somme figure celle de $2,000,000 pour le chemin de fer Intercolonial, basée sur les estimations fournies par les commissaires après qu'ils en eurent donné quatre sections à l'entreprise. Depuis deux ou trois semaines, d'autres sections ont aussi été concédées, et il est toute-à-fait impossible de se faire une idée des progrès des travaux. Mais cependant, qu'il en soit ce qu'il pourra, cela ne modifiera en rien la somme que la chambre est maintenant appelée à voter. Nous avons l'argent en mains pour la construction du chemin, et à vingt-quatre heures d'avis nous pouvons récupérer tout le fonds destiné à l'Intercolonial. (Ecoutez! écoutez!) En conséquence, il importe peu que le montant soit de deux ou de quatre millions de piastres—car des négociations à l'égard de sections qui peuvent faire ou ne pas faire partie de la ligne principale sont en voie de progrès, et peuvent sérieusement modifier ce montant,—cependant, dans tous les cas, ce montant ne peut modifier le vote.

Comme je l'ai dit, cette évaluation de $17,834,199 comprend une somme de $2,000,000 pour le chemin de fer Intercolonial, ainsi que $1,492,385 de plus pour des chemins de fer qui sont maintenant en voie de construction dans les provinces maritimes et pour d'autres travaux et le rachat,—en sorte que je déduis $3,492,385 de l'évaluation totale, ce qui laisse $14,341,814 comme dépense normale de l'année. J'ai compris les subventions dans cette évaluation, et j'ai laissé une marge suffisante pour faire face au montant quel qu'il soit que nous aurons à payer, sur arbitrage, soit à Ontario, Québec, la Nouvelle-Ecosse ou le Nouveau-Brunswick. J'ai porté le montant de ces services à $2,522,000.

L'Hon. M. HOLTON.—Pour toutes les provinces?

L'Hon. M. ROSE.—Je puis expliquer qu'il y a eu beaucoup de négociations entre Ontario et Québec au sujet de l'excédant de dette sur lequel nous aurions droit d'exiger l'intérêt,—s'il devait être de neuf, dix ou onze millions de piastres. En conséquence, j'ai pensé qu'il valait mieux faire une évaluation pour ce service qui pût parer à toute éven-

tualité. Je ne me propose pas d'entreprendre maintenant l'exposé de
cet excédant de dette. L'hon. membre qui est a côté de moi (l'hon.
député de Brome, trésorier de la province de Québec), et l'honorable
monsieur qui est vis-à-vis (le député de la division sud de Brant, trésorier
de la province d'Ontario), auront peut-être quelque chose à dire à ce
sujet plus tard. Jusqu'ici, ces négociations ont été conduites d'une
manière très cordiale, et si elles sont poursuivies de la même manière,
elles auront, je n'en doute pas, un excellent résultat pour la Puissance
et pour les provinces intéressées.

L'Hon. M. HOLTON.—Devons-nous comprendre que ces subventions
à toutes les provinces seront comprises dans le vote, et qu'aucun crédit
spécial ne sera demandé?

L'Hon. M. ROSE.—Il n'y a pas besoin de vote. Le statut y pourvoit.

L'Hon. M. HOLTON.—Ce que je veux savoir, c'est si l'on demandera
un vote spécial pour accroître la subvention de la Nouvelle-Ecosse.

L'Hon. M. ROSE.—Sans aucun doute. Il sera transmis un message
de Son Excellence, contenant les résolutions et demandant à la chambre
de voter la subvention supplémentaire recommandée par ces résolutions.
Les résolutions sont prêtes et imprimées, et nous n'attendons que l'ar-
rivée de M. Howe pour les présenter à la chambre, car nous pensons que
l'on doit donner toute la latitude possible à la discussion de cette question.
Je ne troublerai pas la chambre davantage avec les détails des dépenses,
car ils seront soumis dans une couple de jours, et je passe à l'évaluation
du revenu.

En évaluant notre revenu, je ne veux aucunement escompter nos progrès ou notre prospérité futurs. Je préfère baser mes conclusions sur les
résultats réels de l'année dernière, plutôt que sur ce que l'on pourrait
attendre cette année, excepté en ce qui concerne une légère augmentation que nous sommes justifiables de supposer. Il vaut mieux, à mon
avis, évaluer nos revenus trop bas plutôt que trop haut à cette époque.
Nous pourrions peut-être nous attendre cette année à un meilleur état de
choses que celui que je veux supposer, d'autant plus que nous avons des
renseignements plus précis, sur lesquels nous pouvons baser nos conclusions, que ceux que nous possédions l'année dernière. Nous pouvons
maintenant nous rendre compte de la baisse subite qui a eu lieu dans nos
importations l'année dernière. Nous connaissons aujourd'hui l'état du
pays, tant à l'égard des approvisionnements qu'à l'égard de ses besoins
possibles, et nous pouvons, aidés de l'expérience de l'année dernière,
nous former une idée plus exacte du montant que l'on peut retirer des
droits d'excise sur les spiritueux, le malt, l'huile de pétrole et le tabac.
Nous avons placé notre revenu à un chiffre beaucoup plus bas que ce que
nous pourrons peut-être réaliser, et à un chiffre beaucoup moindre que
le revenu moyen des années précédentes dans toutes les provinces, tandis
que la puissance de consommation du pays n'a pas sensiblement diminué.
Nous pensons que nous pouvons sûrement calculer sur le même montant
de revenu que celui qui a été prélevé l'an dernier (puisqu'il a été moindre que la moyenne des trois années précédentes), en y ajoutant cinq
pour cent pour les droits de douane,—et c'est là notre évaluation.

Si les résultats des trois derniers mois peuvent être pris comme criterium de toute l'année, il est évident que dans cette évaluation nous restons au-dessous de la réalité, car, d'après les rapports, la proportion de l'augmentation sera de plus de cinq pour cent. Sachant que les pluies et les inondations du printemps avaient considérablement retardé l'expédition des marchandises à l'intérieur, j'ai cherché à obtenir quelques données des propriétaires de vaisseaux et de la compagnie du chemin de fer Grand Tronc, relativement à la quantité de fret qui se trouvait en transit, et je suis porté à croire qu'une très forte quantité, et je crains même qu'une trop forte quantité de marchandises a été achetée. Je crains que les importateurs ne commettent la même faute que celle qu'ils ont commise il y a quelques années, d'importer plus que les besoins du pays ne le requièrent, ce qui, tout en augmentant le revenu, pourrait néanmoins nuire aux intérêts bien entendus du pays. D'après le fait que deux ou trois steamers de plus ont été équipés, ce printemps, pour apporter des marchandises au St.-Laurent, et d'après d'autres indications, je crains que ce ne soit qu'une répétition de l'ancien système : chaque marchand pensant que ses voisins importeront moins, croit se mettre dans une position plus favorable à l'égard du commerce en important davantage.

Mais je reviens à mon sujet. Nous évaluons le revenu des douanes pour l'année prochaine à $8,600,000, l'excise à $3,300,000 ;—et à propos de cette dernière évaluation, j'exposerai le calcul sur lequel elle est basée, afin que les honorables membres puissent plus tard avoir l'occasion de juger de son exactitude. Nous avons reçu un rapport préparé par MM. Worthington et Brunel, du département du Revenu de l'Intérieur, qui ont fait des calculs sur la consommation moyenne des spiritueux dans Québec et Ontario, et dans les Provinces Maritimes, depuis un certain nombre d'années. Dans Québec et Ontario, ils ont pris la moyenne des trois dernières années, et de cette manière ils ont évalué que la consommation des spiritueux en 1869-70 atteindrait 3,700,000 gallons.

M. MACKENZIE.—C'est-à-dire, à part les importations ?

L'Hon. M. ROSE.—Oui ; et elle est de beaucoup moindre que la consommation de 1868, qui a atteint 3,836,557 gallons. Ensuite, à l'égard des liqueurs de malt, la quantité maltée l'année dernière a été d'environ 27,000,000 de livres. Mais le haut prix de l'orge a provoqué l'importation d'environ trois quarts de million de livres, et cela a naturellement diminué le total. Pour 1869-70, nous pensons qu'il sera consommé 28,000,000 de livres de malt.

En faisant l'estimation relative au tabac, nous avons dû tenir compte du grand approvisionnement qu'il y avait sur le marché dans les Provinces Maritimes, et du fait que les moyens de perception du revenu n'y sont pas encore complets. En conséquence, nous n'avons porté le revenu provenant de cette source qu'à $515,152 seulement, bien que nous croyions qu'il dépassera ce chiffre.

Sur l'huile de pétrole, nous avons reçu l'année dernière $99,000 ; et cette année, considérant que les grandes quantités qu'il y avait sur le marché lorsque le droit fut imposé ont été réduites, nous avons porté l'évaluation à $120,000. Ces trois sommes, avec quelques items secondaires, forment le total de $3,300,000 sous le titre d'Excise.

Ensuite, le troisième item de revenu, " Divers," y compris les revenus des travaux publics, des postes, des timbres, des placements,—car nous avons aujourd'hui une somme considérable de placée,—est évalué à $2,750,600, faisant en tout, comme la chambre peut le voir, un revenu évalué sans exagération, croyons-nous, à $14,650,600, contre des dépenses évaluées à $14,341,814, et cela sans aucunement tenir compte du nouvel élan qui sera probablement donné à notre commerce d'importation en conséquence des travaux publics en voie de construction et projetés, tant à l'est qu'à l'ouest. Cela nous laisse une balance légère il est vrai, mais certaine, de $308,786 en notre faveur. (Applaudissements.)

Sous ces circonstances, nous avons cru, en préparant notre budget, que l'économie devait être l'un de nos premiers devoirs, et nous avons fait ce que nous pouvions dans ce sens.

Nous demandons maintenant certaines sommes pour nous permettre de pourvoir au service public, et si la chambre ne les vote pas, l'argent ne pourra pas être dépensé. S'il était fait des dépenses, en aucun temps, contrairement aux désirs de la chambre, un rapport de ces dépenses sera déposé sur la table dans les dix premiers jours de la prochaine session, et le gouvernement devra être prêt à en rendre compte à la chambre ; mais je crois que, loin que cela ait lieu, le gouvernement sera en mesure, à la prochaine session du parlement, de montrer un excédant en notre faveur. Nous croyons que nous pouvons maintenir l'équilibre entre les dépenses et les revenus évalués, et même faire pencher légèrement la balance de notre côté. (Applaudissements prolongés.)

L'Hon. M. HOLTON.—Quels sont les items qui composent nos revenus " divers ?"

L'Hon. M. ROSE.—Les revenus divers se composent principalement des items suivants :—Travaux publics, $390,000 ; postes, $570,000 ; timbres, $130,000 ; placements, $300,000. Je puis mentionner, par voie d'explication, avant de terminer, que la chambre verra dans le budget un item pour le fonds d'amortissement, de $336,000. Je pense qu'il n'est que juste que cet item soit porté au débit du revenu de cette année, et qu'il soit placé dans le budget de l'année ; mais il est pourvu à ce fonds d'amortissement, et nécessairement il diminue notre balance actuelle, car nous l'avons acheté d'avance, ayant réellement plus d'argent que nous n'en avions besoin. (Ecoutez ! écoutez !)

En terminant, je dois remercier la chambre de la complaisance avec laquelle elle m'a écouté, et la prier de m'accorder le même appui qu'elle n'a cessé de me prêter jusqu'ici. (Applaudissements.)